L'ENFANT QUI

"Domaine français"

ISBN 978-2-330-07898-0

JEANNE BENAMEUR

L'enfant qui

roman

ACTES SUD

À John Berger,
pour le partage toujours vivant.

Dans ta tête d'enfant, il y a de brusques ciels clairs arrachés à une peine lente, basse, impénétrable. Ta mère a disparu. Elle avait beau ne jamais être complètement là, c'est à son odeur, à sa chaleur, à ses mains silencieuses que tu prenais appui pour sentir que tu existais vraiment.

Maintenant tu te tiens comme tu peux. Sur une crête. D'un côté, les cris du père. De l'autre, le silence. Abrupt.

Toute ta vie désormais au bord de quelque chose qui n'a pas de nom. Dans le monde, ta place s'est réduite. Est-ce qu'elle va s'amenuiser encore ? Faudra-t-il pour y tenir que tu te réduises juste à un point ? À un trait ? Tu ne connais pas encore les peintures des maîtres chinois, l'encre déposée par le pinceau, à peine une trace, et le vide. Si tu les connaissais, tu saurais que maintenant, c'est toi.

Mais il y a ton corps. Même si tu t'apprends à respirer en laissant le moins d'air possible entrer entre tes côtes. Tous tes os sont là. Tant que la vie est là, ils résisteront. Tu ne peux rien contre les os. Tu sens cette défaite-là et tu sens sourdement, plus loin au fond de toi, que c'était déjà la défaite de ta mère.

Reste immobile, n'aie pas peur du gouffre. Le temps va passer. Tu peux te balancer lentement, doucement. La lumière n'entrera dans la cuisine qu'en plein midi, jusque-là tu peux rester dans la clarté tamisée par les grands arbres, avec encore quelque chose de la nuit autour de toi, qui t'apaise. Je te vois, debout devant la fenêtre, le regard perdu, ou à la table, assis, devant ton petit bol bleu.

Tu es seul comme peut l'être quelqu'un dans un tableau.

Je voudrais poser ma main sur tes cheveux. Si je ferme les yeux, je peux les sentir, très doux, même si aucun peigne n'a raison de tes boucles emmêlées. La paume de ma main les effleure. Tu peux croire que c'est juste de l'air qui passe par les vitres mal jointes.

Tu poursuis ta contemplation. Une feuille d'arbre portée jusqu'au sol par le souffle du vent, la poussière suspendue dans la lumière, qui retombe juste au coin de ton œil. Tu suis du doigt sur le carreau un chemin que toi seul discernes.

Le mouvement lent des choses t'appelle.

Alors, je sais que, sans bruit, tu vas te mettre en route.

Ta grand-mère chantonne à l'arrière de la maison, dans le pré. Ta grand-mère chantonne toujours et tu aimes son bourdonnement. Collé contre sa hanche, tu le laisses pénétrer jusque dans ta poitrine. Son bourdonnement se joint à ton propre souffle, élargit peu à peu ton regard, ta poitrine d'enfant. Alors tu entends la rivière qui coule là-bas, loin. Même si tout le monde dit que c'est impossible d'entendre la rivière de si loin, je sais que tu l'entends. Tu serres fort le tablier.

Soudain, tu sens venir l'appel. Impérieux. Fuir. Vite vite. Les pieds lancés soudain sur le chemin, tu es parti.

Ta grand-mère en reste tout hébétée. Elle ne sent plus ta tête sous son bras. Envolé. Elle n'arrivera décidément jamais à saisir le moment précis. Tu la laisses, plantée là, les bras ballants. Surprise chaque fois. Dans sa tête se bousculent les mots Ne rentre pas trop tard. Et où vas-tu encore? Gare au père si tu reviens tout crotté! Tant de choses qu'il faut dire aux enfants. Mais toi.

Tu cours. Tu cours. Qu'aucun regard n'ait le temps de se tourner vers toi, que ton visage ne soit capté par aucune pupille. Depuis combien de temps les yeux de ta mère ne se sont-ils plus posés sur toi ? Depuis combien de temps plus de mère ? Le calendrier compte par jours par mois par années. Toi, tu ne sais pas. Tu vis juste avec les moments obscurs, les moments clairs. Le temps dans ta tête trouve sa place comme il peut, comme l'espace se faufile entre les arbres de la forêt.

Le visage de ta mère, parfois, tu le perds. Tu n'as pas encore appris à le retrouver sur une icône lointaine, près d'une mer très bleue, ou levant un tendre regard dans un tableau de la Renaissance italienne. Tu t'affoles. J'entends ta respiration. Elle butte sur quelque chose de dur dans ta poitrine. Tu cours tu luttes contre ce qui durcit, là, une pierre. Entre tes côtes, l'air siffle et se serre. Alors tu sens que tu es toujours vivant. Par la douleur. C'est une rude façon mais c'est la seule que tu possèdes.

Ta grand-mère a encore les yeux tournés vers là où tu as disparu. Les paroles qu'elle n'a pas pu te dire volettent autour d'elle, s'éparpillent, ne trouvent nulle part où se poser, s'égarent. Et elle ne parvient plus à retourner à ses tâches. Il lui faut un temps avant de retrouver sa tête, comme elle dit.

Tu es déjà loin.

Avec quoi protège-t-on un enfant comme toi ?

Ton père au retour criera encore Mais qu'est-ce qu'on va faire de lui ? Hein ?

Puis il tapera quelque chose contre le bois de la table, son poing ou le pot à tabac, pour que ça continue à résonner quand il arrêtera de crier. Il a besoin de ça. Ensuite il ruminera des paroles indistinctes, laissera sa fureur faire une boule de son de plus en plus près de sa bouche. Puis plus rien. Il se lèvera, claquera la porte. Les bruits du dehors lui suffiront pour remiser ses cris. Son silence, quand il marchera, sera lourd.

Où as-tu fui ?

Est-ce qu'un jour on te perdra, toi aussi ?

Tu arrêtes de courir seulement quand tu entends, tout près de toi, le halètement du chien. Le chien te rejoint toujours, tu ne sais pas comment. Tu ignores d'où il vient. Ni laisse ni collier. Simplement, à un moment, il est là. Il marche près de toi et tu sens sa présence sans même avoir à le regarder. Tu ne le caresses pas tout de suite. Tu attends. Quand le chien te dépasse puis s'assoit au milieu du chemin, alors c'est le moment.

Tu te mets à sa hauteur, les yeux dans les yeux, vous vous fixez. Il faut du temps pour que le chien entre dans ta tête d'enfant. Dès que tu sens le frémissement, parfois aussi léger qu'un souffle de rien, tu te relèves. Tu n'es plus seul. Et ton corps ne te pèse plus.

Ce n'est pas toi qui caresses le chien, c'est le chien qui glisse sa grosse tête sous ta main d'enfant.

Vous marchez tous les deux.

C'est comme si tu mettais ta main dans celle de quelqu'un.

Quiconque te regarderait verrait bien pourtant que tu es un enfant qui marche tout seul, une main caressant l'ombre.

Ta grand-mère maintenant regarde les nuages qui font des voyages étranges juste au-dessus de la maison.

Elle respire l'odeur fraîche du linge pas encore tout à fait sec, bon pour le repassage. Elle le serre un peu plus fort contre sa poitrine. L'odeur du tissu rejoint le frais au creux de son cou, rejoint le voyage des nuages au-dessus d'elle. Maintenant ils ont dépassé le toit de la maison. Ils partent plus loin. Elle se dit qu'elle aussi, un jour.

Ton père a les mollets lourds de travail. Il avance sans précaution dans le jour qui répète les tâches, une à une, les mêmes. Cet enfant que tu es, c'est une énigme pour lui. Il n'a pas su garder ta mère. Une étrangère. Peut-être même ne le voulait-il pas, dans le fond.

Qu'elle soit arrachée à sa vie comme elle y était entrée, d'un coup ! Que soit arraché ce désir qui le tenait, lui, encagé ! L'absence ne le délivre même pas. Il gronde comme une bête. L'opacité de son propre désir lui fait peur.

Une vagabonde. Mais est-ce que les vagabonds laissent des traces ? Il a toujours l'étrange dessin qu'elle avait griffonné avant de partir. Il ne l'a jamais montré à personne. Parfois tout seul il le déplie à nouveau, le scrute. Et rien. Il a beau tourner et retourner la feuille. Rien. Il ne comprend pas ce qu'elle lui a laissé. Alors comme à chaque fois il revit sa rencontre avec ta mère.

Un jour, le camionneur qui livre aux clients son beau travail de menuisier lui avait proposé de monter et de convoyer le chargement avec lui jusqu'à une foire dans une ville, plus loin, dont il ne connaissait même pas le nom. Il avait hésité. Mais l'autre avait insisté et ta grand-mère avait approuvé de la tête. Ton père restait trop seul depuis la mort de sa fiancée, une jeune fille sage du village emportée par un mauvais mal l'hiver précédent. Ton père n'allait plus ni au bal ni aux veillées. Il lui fallait du nouveau, c'est ce que tout le monde pensait. Le camionneur avait encore insisté. Il était monté. Pendant tout le trajet il avait regardé le paysage qui changeait. Les arbres n'étaient plus les mêmes.

Alors c'est ça la destinée ? On monte dans un camion à l'aube après le café fort et on roule. Et puis sur une place de marché grande comme dix fois tout ce qu'on a vu jusqu'alors, on se retrouve au milieu de gens qui tournent et parlent et crient et rient, se tapent sur l'épaule, palpent la marchandise, jaugent le travail, discutent les prix. Lui, il ne s'y retrouvait pas. Le camionneur s'était éloigné faire ses affaires. Lui, il marchait un peu à l'aveugle. Ce n'était pas une bonne idée d'être venu, voilà ce qu'il se disait. Il n'avait pas l'habitude.

La destinée avait une longue jupe rouge fanée et les cheveux relevés d'un seul côté, comme si elle n'avait pas eu le temps de finir sa coiffure.

Elle marchait avec d'autres comme elle, lent balancement des hanches et regards hardis.

Des femmes du voyage. Des femmes sans nom prononçable. Peut-être sans vie prononçable non plus.

Il n'avait pas retiré sa main quand elle la lui avait prise, retournée, paume à l'air. Les autres vagabondes abordaient aussi les uns, les autres, regardaient aussi dans leur main et disaient des choses contre des pièces. Elles riaient entre elles ou avec les gens. Elle, elle ne riait pas, ne souriait pas non plus.

C'est peut-être ça, la destinée, une femme qui ne sourit pas, silencieuse au milieu de tout ce bruit. Une île.

La main de cette femme qui avait pris la sienne, l'avait retournée, c'était comme toucher la neige quand elle vient les premières fois. Glacée et brûlante. On ne fait plus la différence entre brûlure et brûlure. Sa main à lui, elle tremblait. Depuis la mort de sa fiancée, c'était la première fois qu'une autre femme le touchait et il aurait voulu s'enfuir vite et il aurait voulu aussi fort continuer à sentir les deux brûlures contraires. Les deux désirs, impérieux, en même temps. C'était cela être vivant? Son ventre lui faisait mal et il entendait le sang qui battait à ses tempes. Son sang si lourd. Il ne pouvait compter que sur ses jambes, toujours fermes, comme si seules ses jambes pouvaient encore le rallier au monde sûr d'avant. Mais il était resté figé. Comme un arbre.

Elle avait regardé longtemps la paume durcie, les doigts calleux, si durs, leur forme qui s'était adaptée aux outils. Elle n'avait pas levé les yeux sur son visage une seule fois. Et ça, c'était bien. Ses yeux, couleur de nuage sombre, il les avait découverts plus tard quand elle l'avait emmené à l'écart, sous les arbres d'un bois, et qu'il avait brutalement senti la sève et la brûlure, cette fois à l'intérieur de son ventre, de son sexe, de sa tête. Son cœur n'était pas hardi et n'avait pas bronché. Mais tout son corps avait voulu la femme à la jupe rouge fanée. C'est comme ça qu'elle était entrée dans sa vie. Il n'avait rien décidé, non. Ça s'était fait, c'est tout. Et il ne pouvait donner aucune explication. Ni au camionneur qui ne posait pas de question mais qui ne plaisantait plus pendant le voyage de retour, avec elle dans la cabine près d'eux, ni à ceux du village qui s'écartaient sur son passage, ni à sa propre mère. Ni à lui-même.

Les cris étaient entrés dans la maison avec elle. Il s'était mis à crier comme si tout son être par moments refusait cette femme-là. Parce que non, il ne l'avait pas choisie. Juste voulue. Parce qu'il ne comprenait rien à ce désir qui l'avait envahi et qu'il la voulait quand même. Encore et encore.

Elle, elle ne connaissait pas la langue d'ici et ne cherchait même pas à l'apprendre. Elle se taisait mais elle restait. Il ne savait pas pourquoi elle restait.

Tu es né comme ça. Arraché aux cris de ton père et au silence de ta mère. Tu as appris dans le ventre de ta mère la violence de vivre.

Depuis qu'elle a disparu, tu as besoin de t'enfuir.

Le chien, auprès de toi, marche. Ce chien, personne d'autre que toi ne le voit. Mais tu ne le sais pas. Je me rassure de sa présence auprès de toi. Il est fort et sent ce que tu ne vois pas. Tu peux poursuivre ta route. Ton vêtement de laine pend toujours d'un côté, "tu boutonnes le lundi avec le mardi" dit ta grand-mère. Tu ne comprends pas bien ce que ça veut dire. C'est juste que les jours ne savent plus comment se suivre. Tu es un enfant qui penche. Le chien rétablit l'équilibre.

Parfois tu es traversé par une poussée de joie. Tu ignores comment ça vient. C'est l'alouette du matin qui trouve en toi son vol vertical. Des pieds jusqu'à la tête et bien plus haut que ta tête, un élan farouche te soulève. La joie n'a aucune raison. Elle te porte. Et tu avances.

Le chien va devant, court dans les taillis, revient. Le chien vit avec chaque brin d'herbe. Puis il repasse rapidement sa grosse tête sous ta main. Tu souris.

Dans ces moments-là, tu oublies même que tu respires, tu es libre, si libre que dans ta gorge vient un chant. D'abord c'est comme un grondement sourd. Cela pourrait faire peur. Une bête peut-être, ignorée des humains. Qui n'aurait jamais laissé aucun son parvenir jusqu'à l'air. Le son contenu dans ton corps, à la limite de la peau du pelage des écailles et qui soudain chercherait une issue. Tu vibres tout entier de ce grondement qui vient de la terre des racines de tout ce que la vie et la mort ont enfoui si loin et qui monte en toi.

Tu arrêtes de marcher. Ton souffle s'élargit. Ton ventre tes poumons tout ton corps alors n'a plus d'âge. Ce n'est pas une poitrine d'enfant qui peut supporter ce chant-là. Tu assures tes pieds contre la terre. Puis tu tapes lentement le sol. À droite. À gauche. Fort. Et encore. Et encore. Tu as vu ta mère faire ça. Elle t'emmenait dans la forêt et elle dansait. Tout ton corps se rappelle celui de ta mère et la longue jupe rouge fané. Elle tournoyait. Ta mère tournoie toujours derrière tes paupières.

Le rythme de tous ceux qui ont respiré sur ce chemin sur tous les chemins pénètre par la plante de tes pieds.

Rien de ce qui a été humain une fois ne se perd. Jamais.

Tu fais corps avec la poussière de tous les chemins. Ta tête est un tambour résonnant de mille doigts agiles et puissants. Tu ploies la nuque en arrière. Yeux grands ouverts tu vois les hautes branches des arbres. Tu vois chaque détail des feuilles comme si tu pouvais les toucher du bout des doigts. Ton regard se perd dans tous les verts puis, plus haut, dans le bleu du ciel.

Ton chant prend force.

Ton chant t'allège de tous les regards de tous les cris de tous les silences.

Ta vie peut se mêler à toute vie. Tu rejoins tout ce qui vit tout ce qui meurt. Tu fais partie. Il n'y a plus de temps.

Tu ignores qu'un jour quelqu'un t'a entendu. Un chasseur qui traquait la peau d'une bête. Le chasseur d'abord a cru à un de ces oiseaux qu'on connaît mal, qui viennent puis repartent aux signes secrets des premiers froids. On en voyait dans la région parfois qu'on n'avait encore jamais repérés. On en parlait au Café au retour.

Ton chant l'a arrêté. Comme un appel au plus profond de lui, dans un espace ignoré et sauvage de son propre être. Et il a eu peur. Une peur qui lui fait honte encore aujourd'hui. Il a pensé Ce n'est pas humain.

Pourtant il a vu que tu n'étais qu'un enfant sur le chemin, la nuque ployée et les yeux perdus. Un enfant tout seul dans la forêt. Qui chantait. Il a eu le temps de reconnaître le fils du menuisier sinon il aurait pensé à une apparition.

Il a fui.

Que se serait-il passé ? En lui, le tumulte. Il a oublié qu'il tenait un fusil qu'il traquait une bête presque à sa portée. Son chien se collait à sa jambe, silencieux. Il avait hérissé son poil comme à l'approche d'une autre bête, plus puissante, mais il n'avait pas grondé. Il s'était juste collé à sa jambe, faisant corps avec tout ce qui, en lui, ployait doucement vers la terre, retrouvait racines et entrailles des bêtes et des hommes loin, si loin.

Le chasseur avait tourné le dos, avait disparu vers le village.

Le soir, il avait voulu en parler à sa femme, à l'obscur du lit chaud. Mais quelque chose avait arrêté sa voix. Une honte profonde et douce à la fois, de celles qu'on a, enfant, devant l'évidence de ce qu'on n'atteindra jamais, quand on sent que les rêves du monde sont bien trop vastes pour les porter sur notre tête. Qu'on n'y arrivera pas. Forcément. Et qu'au fond on sait déjà que nos parents ne pouvaient pas les porter non plus, et les parents de nos parents non plus, et ainsi sur la terre.

Toi, tu portais tout sur ta tête. Seul. Parce que sans le savoir tu avais accepté tout l'obscur sous tes pieds.

L'homme n'en a jamais parlé mais parfois, la nuit, quand il ne peut pas entrer dans le sommeil, il entend à nouveau ton chant au fond de lui.

Je te vois. Tu es devant moi, sur le chemin. Je te suis. Tu marches comme quelqu'un qui connaît une route et que rien n'arrête. Pourtant je sais que tu ignores où te mènent tes pas mais qu'il te faut tourner le dos à tout ce qui dans la maison est trop lourd et t'empêche de vivre.

Après le chant, tu as dans les jambes une force insoupçonnée. Jamais personne ne pourrait penser qu'avec des jambes si petites on puisse aller si loin.

L'heure de la soupe et toutes les heures du village, tu les oublies. Les branches des arbres les secouent jusqu'à ce qu'elles se détachent et s'envolent, collées sous les plumes des oiseaux. Tu lèves la tête, suis des yeux aussi longtemps que tu le peux les vols puissants tachetés de gris et de blanc au-dessus des arbres. Les heures tomberont dans des mers inconnues quand les oiseaux dans leur long voyage écarteront leurs ailes.

Toi, tu as dans les jambes la force de tous les pas que ta mère a cessé de faire. Ton corps est si léger que tes jambes pourraient se replier. Toi aussi tu pourrais voler. La maison l'école le village, tout disparaîtrait. Demeure en toi seulement le tournoiement éperdu de ta mère.

Quand tu marches si longtemps, tu peux percevoir chaque bruit de la forêt. Ton oreille, lavée de toutes les paroles, perçoit les frôlements les bruissements furtifs les glissements d'ombre. Tu saisis l'énigme des bruits qu'aucun humain ne crée. Ce sont des sons qui s'enchevêtrent, parfois l'un étouffe l'autre, un temps, mais même les plus ténus, les plus fragiles, réapparaissent, distincts.

Dans le monde où tu marches, chaque son a sa place.

Tu fermes les yeux. Le chant a charrié hors de toi jusqu'à ton nom.

Reste ta peau nue, fraîche. Ton ouïe toute neuve. Parfaite.

Maintenant tu entends comme le chien. Tu fais partie du monde de la forêt.

Ta mère t'avait dit un jour que tous ceux qui marchent sur les chemins sont des arbres. Après, la terre peut en faire ce qu'elle veut, cela n'a plus d'importance. Ceux qui marchent sur les chemins appartiennent déjà au fond d'eux-mêmes à ce qui est immobile. S'ils marchent, c'est juste parce que les humains ont des jambes. Comme eux, tu marches. Mais la force dans tes jambes, c'est celle de tout ce qu'il y a sous la terre, celle qui irrigue les racines des arbres qui demeurent.

La tête levée, tu les contemples. Les grands vols d'oiseaux sont passés.

Tu crois en l'immobilité qui monte droit jusqu'au ciel.

Maintenant tu sens l'écorce sous tes doigts. Tu es tout contre un chêne qui semble garder l'espace alentour. Un arbre comme une porte, qui ouvre et protège à la fois. Tu l'enserres de tes bras. Trop petits pour en faire le tour. Pourtant ta poitrine est vaste, aussi vaste que celle de tous les aventuriers qui marchent jusqu'au tréfonds de leur cœur.

La joue contre l'écorce de l'arbre, tu sens les odeurs confondues de ce qui pousse de ce qui respire comme toi. Comme les bruits, les odeurs sont mêlées. Un écheveau. Mais tu les distingues peu à peu. Tu perçois la senteur grasse d'une plante inconnue. Celle, plus menue, de quelque chose qui s'approche, à petits pas craintifs. Une bête qui sait sa vie fragile de bête, en alerte, qui n'a pour toute défense que son silence et sa rapidité. Tu sens l'odeur un peu aigre et chaude de sa peur et tu voudrais lui dire de ne rien craindre de toi. Mais la terreur des bêtes sans défense c'est l'ancienne terreur des hommes, on n'y peut rien, une très ancienne terreur. Qui revient quand la fureur des hommes contre d'autres hommes attaque, dévaste.

Dans le monde loin de la forêt tu sais qu'il y a parfois les guerres. Le mot est resté dans ta poitrine comme la peur aigre et chaude dans le sang de la petite bête. Toi, tu n'as jamais eu envie de jouer à ça avec les enfants du village.

La guerre est un mot dur comme la pierre.

Un jour, tu as vu dans la forêt un vagabond qui marchait pieds nus. Ses pieds étaient gris de poussière, recouverts d'une peau ridée et tenace comme celle des éléphants. Tu t'es rappelé le jour où, avec ta mère, vous étiez restés longtemps tous les deux devant une affiche au village. Sur l'affiche il y avait des animaux, un cirque qui passait. Tu tenais sa main serrée dans la tienne. Tu avais peur qu'elle parte, appelée par une autre vie, plus forte, à peine contenue par les couleurs sur l'affiche. Alors tu avais demandé le nom des bêtes puissantes et grises. Pour la ramener à toi, son enfant. Éléphant est resté dans un coin de ta mémoire. Éléphant dit le gris et le poids des jours de marche lente. Éléphant dit qu'on peut avancer pas à pas, sans savoir où ça mène. C'est un mot rassurant pour une vie d'enfant. L'homme dans la forêt ne sentait ni les épines ni les cailloux sous ses pieds d'éléphant. Il avait poussé une lourde pierre sur le bord du chemin, une de celles que tu contournes quand tu marches. D'un seul mouvement de son pied nu, l'homme l'avait déplacée. Comme rien.

Tu penses à la guerre comme à cette pierre. Lourde dure. Mais un homme sans armes sans rien que sa vie sur l'épaule pouvait la pousser sur le côté, juste avec un pied de longue marche.

Tu te demandes si ton chant pourrait aussi déplacer quelque chose dans le monde, comme le pied de l'éléphant.

Maintenant que tu entends tout, que tu sens tout, comme le chien, ta peau est un pelage. À l'abri de toute parole de toute chose qui essaierait de faire de toi ce que tu n'es pas.

Ta bouche d'enfant est une caverne. Les mots, là, dans un repli.

Tout le monde dit et répète que tu peux parler quand tu veux mais que tu ne veux pas. Comme ta mère. Ton père, il couvre tous les malheurs avec sa voix. Mais c'est de l'air. Rien que de l'air. Et le malheur de ta mère, c'était une pierre. Dure. Très dure. Et qui ne roulait pas.

Tu passes ta main devant ta bouche, devant tes yeux, tu chasses des images. Il faut marcher encore. Jusqu'au vide dans ta tête.

Quand tu parviens à ce point de toi-même et de la forêt qui fait comme une croix, l'extérieur et l'intérieur se rejoignent. Quand tu parviens là, au cœur de cet invisible croisement, tu te sens vivant. Enfin. Ce qui vient dans ta tête est à toi. Rien qu'à toi. Plus rien du monde confus et malheureux de la maison ne s'y mêle.

De là, tu aurais la force immense de parler. Tes mots sortiraient et peut-être que toi, tu ferais rouler, loin, la pierre de la tristesse de la mère, avec ton pied d'enfant.

Mais ta mère a disparu. On a dit Disparue.

On ne sait jamais comment alléger la tristesse des mères qui disparaissent. La tristesse, elle, ne disparaît pas.

Ton père va chaque jour au Café du village. Il attend que le jour finisse dans la salle où le patron et la patronne ont l'habitude de manger, où l'odeur de leur repas se mêle à celle des pas de tous ceux qui vont et viennent, passent la porte, s'installent un temps, puis repartent. Le Café du village, c'est un lieu chaud et sans autres histoires que celles des vies d'ici que tout le monde connaît, qu'on n'a pas besoin de raconter. La vie de l'un, la vie de l'autre, coude à coude sur la table. Les paroles qui font juste ce qu'il faut de bruit pour se sentir vivants, ensemble. On pourrait parler chinois, quelle importance.

La fatigue lâche un peu les jambes les bras les dos. Jamais jusqu'à l'amollissement. Il faut pouvoir se remettre debout. Les têtes se penchent. Si on n'y prenait garde, les paupières parfois pourraient s'abaisser.

La vie le taraude mais ici, il trouve du repos. C'est le moment de la journée qu'il préfère. Et tant pis si le vin est trop lourd dans sa tête quand il rentre et qu'il crie encore il ne sait plus pourquoi. Il finira par aller se coucher dans le lit sans chaleur.

Comment on peut partir, comme ça, juste en laissant un dessin ? Certains ont dit qu'on l'avait revue loin, sur une autre place, dans une autre foire mais ta grand-mère a dit Il ne faut pas les écouter, elle est partie c'est tout.

Alors il ressort le dessin le regarde longtemps dans la nuit si épaisse à la fenêtre. Et rien.

Dans la forêt maintenant tu es assis au pied d'un arbre.

À ce moment, tu sens que tu pourrais entrer au secret des mots de ta mère. Les mots qu'elle retenait d'une mâchoire délicate. Comme des oiseaux aux plumes insoupçonnées qui se seraient heurtés aux dents serrées. Blottis au creux du palais si près de sa gorge. Un rien et à nouveau ils glissaient dans les profondeurs. Alors au moment où elle aurait desserré l'ossature si fine de sa mâchoire, il était trop tard.

Pour ta mère, il avait toujours été trop tard.

Elle ravalait sa peine, ravalait sa colère. Ne restait que la honte, comme un brouillard dans la bouche. Une ouate de honte collée aux gencives.

Toi, quand tu es seul au fond des bois, tu pourrais.

Et peu importe que ta mère ait fui si loin qu'il n'y ait plus rien d'elle nulle part. Tu fermes les yeux. Toucher sa gorge du bout des doigts, toucher ses lèvres closes. Alors seulement.

Adossé à son absence, tu entames le périlleux voyage.

Tu te ramasses dans sa bouche close. Tu roules avec les mots engloutis. Ils sont là. Durcis vibrants retenus. Comme les nuages gris fer juste avant qu'éclatent les pluies drues des printemps.

Ils attendent.

Toi, tu crois à la poussière.

Tu crois à l'ombre des arbres.

Des prières des prières. Des racines qui ne connaîtront jamais la neige, qui ne savent que le poids obscur de la terre.

Tu crois au poids obscur de la terre.

Les oiseaux ont de la chance. Tous les cris du monde sous leurs ailes ne les empêchent pas de voler. Toi, tu ne voles pas.

Tu n'essaies pas de reconnaître où le chien que personne ne voit t'emmène. Tu sais qu'il te ramènera même si la nuit est tombée quand vous rentrerez. Parfois tu penses Rentrer ? Pourquoi ?

Tu avances à l'aveugle. Les branches basses obstruent ta vue. Ça ne fait rien. Tu les écartes de tes mains juste assez pour glisser ton corps. Partout où le chien passe, tu peux passer aussi.

Le chien n'aboie jamais, ne gronde jamais. Mais son silence n'est pas le même que celui des arbres. C'est un silence qui bouge dans l'air. Le silence du pelage.

Il s'est arrêté d'un coup.

Il est devant quelque chose, immobile. On dirait une statue de chien.

Il y a comme une brume qui t'empêche de voir. Tu t'arrêtes toi aussi, le silence du pelage sous la main.

Devant toi, une sorte de très vieille maison.

Tu vois le bardage de bois usé, gris. Tu devines des fenêtres. Il n'y a plus de rideaux et on ne distingue pas s'il reste des carreaux.

C'est une maison rongée par le temps.

Personne n'y pourrait loger.

Aucune histoire n'y pourrait tenir.

Juste un endroit posé là. À l'écart du chemin.

Il n'y a pas de jardin pour aider à comprendre qu'on quitte la forêt, qu'on arrive dans un lieu fait par des hommes. La forêt a dévoré l'espace jusqu'au seuil de la maison.

Tu es maintenant devant la porte. Du bout de l'index, tu pousses le vantail de bois. Rien ne résiste plus.

La pierre de seuil est si usée qu'elle ne marque presque plus l'entrée.

À l'intérieur, les feuilles des arbres sont entrées, poussées par les automnes accumulés. Toutes desséchées elles forment un tapis de fine poussière. Il n'y a plus de vraies couleurs.

Tout est voilé. Il faut cligner des paupières, aiguiser la vue.

Le chien, lui, n'entre pas. Il attend à la porte. Peut-être flaire-t-il des traces anciennes. Peut-être revoit-il des choses anciennes dans sa tête de chien.

Tu marches dans l'unique pièce de la maison.

Tu t'assois à la table, appuies tes coudes sur le bois, poses le menton dans la paume de ta main. Tu examines. C'est ton royaume. Ce que tu vois n'a plus servi depuis combien d'années. Les objets utiles qu'on n'utilise plus deviennent étranges. Ils ont une vie plus lente. Tu perçois cette vie-là. Tu la trouves reposante. Aucune main n'a plus touché les meubles au passage, ouvert un tiroir, saisi une tasse, ou fait chauffer de l'eau dans la marmite. Mais tout est là. Tu perçois le vide entre chaque chose. C'est du silence. Ici tout dort comme dans les contes de ta grand-mère mais il n'y a aucune princesse à réveiller du mauvais sort. Et toi, tu es trop petit pour être un prince.

Toi, tu es seulement un enfant de ronces et de poussière. Tu aimes la maison rongée par le temps.

Tu balances tes jambes lentement, la pointe de tes pieds effleure le sol à chaque passage. Je vois la trace qui se dessine.

Peu à peu dans ta tête reviennent les gestes de la cuisine. Devant tout ce qui ne sert plus à rien, ici, tu peux glisser ta mère très doucement. À remémorer les gestes du repas du soir, du bol du matin, le froissement de ses longues jupes, tu te berces.

Alors reviennent les mots tapis dans sa bouche. Ils vibrent entre tes côtes. Tu poses ta main sur ta poitrine d'enfant.

Les mots sont puissants.

Et c'est comme si une lourde vague venue de loin te soulevait. Elle envahit toute ta tête, emporte tout sur son passage. La maison rongée par le temps est roulée dans le flot puissant qui tourbillonne maintenant dans ton sang, bouscule et confond le ciel et la terre. Tout tangue et roule. Est ouest sud nord. Les pas de ta mère sont égarés. Peut-être a-t-elle posé ici son pied désorienté. Sa trace a été recouverte par la poussière des feuilles pourrissantes. Les pas de ta mère ne sont plus nulle part.

Tu t'es blotti au creux de l'ancienne cheminée. Tu serres très fort tes bras frêles contre toi. De là tu es comme dans la cale d'un navire qui lutterait dans la tempête. Les yeux clos, tu laisses la houle ballotter ta mémoire.

Puis ta bouche s'ouvre. Ton souffle modèle des sons. Je suis seule à les entendre. Je me penche vers toi, tout près de ta bouche. C'est une langue inconnue. La langue secrète de ta mère. Celle qu'elle te parlait à l'abri de la forêt.

Les mots sont là. Tatoués sous ta peau. Ton corps se serre autour de la mémoire. C'est dans tes os que chaque parole lancée dans l'air par la voix de ta mère est inscrite.

Tu serres les poings. Retenir le sang la vie qui pourrait s'échapper avec les mots, on ne sait pas.

Peut-être disparaît-on d'avoir dit les mots. Même si on ne parle à personne. Même si c'est aux pierres qu'on les dit. Même si c'est juste dans le silence de sa tête.

Les questions et la peur très ancienne font une brume houleuse dans ton corps. La langue de ta mère poudroie comme les feuilles séchées. Tu n'as plus d'elle que les mots. Rien que les mots. Mais ils sont là. Et personne, personne ne peut les effacer. Ta mémoire est à toi. À toi tout seul. Le père et ses cris n'y peuvent rien. La langue de ta mère est là. En toi. C'est ton secret.

Maintenant la lourde vague reflue. Tu demeures, baigné de silence. Ton visage paraît soudain très vieux.

Je pense que tu es comme les choses qu'on ne touche plus. Et comme l'espace entre les choses. Ça ne fait rien. C'est ta vie à toi. Tu sors sans hâte de la maison de brume et de feuilles séchées. Le chien vient mettre sa tête sous ta main. Tu ne refermes pas la porte.

Le chien va. Tu vas derrière lui. Quand tu te retournes il n'y a plus qu'un enchevêtrement de branches et de brume. Une maison ?

Ton père ne sait rien des femmes mortes. Il faudrait. Pour comprendre quelque chose de sa vie. Sa vieille mère est vivante mais elle ne peut rien lui en apprendre. On ne demande pas aux mères qui vivent encore d'expliquer les femmes mortes. Ce n'est pas dans l'ordre des choses. On travaille dur, on va avec les autres au Café, on fait les choses de tous les jours et on ne demande rien. On ne peut pas. Ça voudrait dire quoi.

Cet homme, ton père, est vivant. Entre deux femmes mortes. D'abord sa fiancée du village, puis ta mère. Il peut aller au cimetière pour l'une. Pour l'autre non, puisque son corps n'est nulle part.

On ne voit pas de cheveux blancs encore sur la tête de ton père. Un jour il en aura comme les vieux du village et il se rappellera qu'il était celui qui vivait entre deux femmes mortes. L'une sous terre. L'autre pas. Est-ce que, quand on a des cheveux blancs, c'est plus facile.

Il regarde ses mains. Ta mère ne lui avait jamais dit ce qu'elle y avait lu. Peut-être y avait-il déjà, là, entre les lignes bien nettes de sa paume, sa disparition à elle. Lui, c'est ce qu'il se dit. Peut-être savait-elle déjà tout quand elle l'avait suivi ? Alors pourquoi ? Pourquoi ce lambeau de vie. Quelques années arrachées à quoi ?

Il fait glisser lentement ses paumes sur sa veste puis son pantalon de tissu épais, comme s'il les essuyait d'une eau sale. Ses mains sont sèches pourtant. Mais il refait le mouvement, lentement, en appuyant fort. Il sent son corps sous le vêtement de travail. Son corps de tous les jours. Sous les tissus de tous les jours. Ce même corps-là, la nuit, c'est du désespoir. Tout seul depuis si longtemps maintenant. Il n'ira nulle part chercher une autre femme. C'est fini.

Il a vu les champs de colza ce matin. Leur lumière intense comme si elle venait de la terre au lieu du ciel. Et la couleur lui a serré le cœur. Voilà. Le jaune plein de vie du colza. Et lui, le ventre dur. Plus jamais ne touchant le ventre d'une femme. Les nuages passent au-dessus de sa tête en grande indifférence. Il n'est rien. Rien dans ce monde. Ce matin il le sent si fort.

On lui avait bien dit que ces femmes-là on ne les tient pas. Lui, il avait cru à ses yeux sombres, à ses hanches qui tenaient si bien entre ses mains, à ses reins qui poussaient son ventre tout contre lui. À son sexe doux et profond. Il avait cru au mystère sans nom des jambes qui s'ouvrent dans la nuit. Elle le serrait si fort contre elle. Il sent encore ses mains dans son dos s'il se laisse aller au souvenir du lit habité. Elle le tient, toujours, et ses cheveux noirs si doux sont dans son cou. Il passe ses doigts rudes sur sa peau. Il sent encore la douceur si légère de ses cheveux à elle. Elle dit des choses qu'il ne comprend pas. Mais lui, il ne veut pas entendre les mots de cette langue. Il ne comprend pas pourquoi mais ça lui fait peur. Les sons inconnus l'empêchent d'attraper l'âme de cette femme. Il lui met la main sur la bouche. Parfois, elle pleure.

Cet homme ne peut plus rester nulle part quand la mémoire est dans ses mains, sous sa peau, vibrante. Il marche à grandes enjambées. Au Café il trouvera les autres. Et s'il est trop tôt pour arrêter le travail, tant pis. Parce que tout son corps n'en peut plus de cette mémoire qui revient si fort. Il boira le vin épais et sentira que peu à peu tout s'éteint dans ses veines. C'est ça : il faut éteindre tout ce qu'il sent venir et l'emporter. Il mettra sa tête sur ses bras engourdis. Il laissera la torpeur l'envahir. Il oubliera l'opaque des mots inconnus. Les autres ne le réveilleront pas. Ils savent que s'ils le font, il va crier. Fort. Les autres vont faire comme s'il dormait parce que la journée aurait commencé trop tôt, une dure journée de grand travail, voilà ce qu'ils diront. Les autres savent faire ce qu'il faut avec celui qui ne supporte plus ses rêves. Le village sait se protéger. Qui sait le songe qui pourrait s'inviter chez chacun comme un hôte malfaisant si on laissait l'un d'eux ouvrir la bouche et crier les mauvais rêves de la vie. Le grand corps du village veille. Lui, c'est un villageois. Il a appris à s'y appuyer comme son père avant lui, et le père de son père.

Le Café est un refuge sûr. Jamais ta mère n'y a mis les pieds.

Ce jour-là, la tête au creux des bras, il rêve qu'il a de grandes bottes et que dans ses bottes il y a ses outils et toute sa vie qui marche avec lui. Mais il ne sait pas où il va.

Dans le rêve, on passe une main sur son front.

Il sent une peau sur sa peau.

La patronne du Café vient de poser devant lui une soupe chaude. La vapeur odorante réchauffe l'air tout près de son visage. Il se réveille, lourd des bruits autour de lui. Il a du mal à quitter les bottes du rêve. Il prend le bol de soupe et le porte à ses lèvres sans savoir s'il est à la maison ou ailleurs. Il faut un temps pour que les voix des autres le réveillent vraiment.

Il repart, à la nuit tombée, dans un état étrange. Il voudrait retourner dans son rêve et marcher longtemps avec toute sa vie dans ses bottes.

Toi, tu as toujours eu du mal à vivre dans les pièces de la maison. Tout ce qui devrait être ton monde familier t'est étranger. Même ta chambre étroite du bout du couloir.

Tu n'as jamais su penser "ma maison".

Tu n'as jamais su habiter.

Comment faire comprendre que tu es comme l'oiseau au bord du nid ? qu'il n'y a pas de lieu à toi ? qu'il n'y a pas de maison ?

Ta mère, elle, savait cela. Elle le savait dans son corps enneigé. Vous deux, vous n'habitiez nulle part. Juste dans le souffle qui sortait de vos bouches.

Tu te rappelles son odeur. Quand elle te revient, ton sang coule, vif, dans ton corps. Cette odeur, oui, tu l'as habitée et le tissu de ses jupes et la couleur ambrée de sa peau.

Mais on ne peut pas habiter quelqu'un. Une fois qu'on est au monde, il faut habiter le monde. Les gens disent qu'elle t'a laissé "seul au monde". Tu as entendu et tu essaies de comprendre.

Seul, c'est sans elle, ça, tu le comprends. Mais le monde… c'est trop vaste, le monde. Même si tu sais marcher loin, très loin, avec des petites jambes sans fatigue. J'aimerais t'apprendre, te dire que le monde est vaste et beau, qu'il y a aussi un chemin pour toi. Un jour tu découvriras dans une grande ville, ailleurs, loin, un petit tableau qui dit tout cela. Un homme y marche seul avec son chien. Dans la neige. Au loin peut-être une maison, une simple tache rouge. Et tant de solitude et tant d'espoir dans les pas de cet homme. Je suis restée longtemps à le contempler. Toi, tu gardes longtemps les yeux grands ouverts dans le noir de ta chambre. Tu es l'origine de ma solitude.

Quand ta mère était encore là, tu lui prenais la main et tu contemplais toutes les lignes à l'intérieur.

Est-ce que là était ta seule maison ?

Est-ce que les lignes tracées sur la paume des mères dessinent la seule maison que nous puissions habiter ?

Elle t'abandonnait ses mains. Son regard posé loin devant elle. Dans ses paumes ouvertes, tu essayais de déchiffrer les dessins étranges, peut-être des contrées lointaines, des villes qu'on ne distingue qu'à peine, entre roc et sable.

Tu n'osais pas lui demander ce qu'elle voyait, elle, pendant ce temps. Sur ton front se creusait alors une ride, une route très fine pour rappeler à toi le regard de ta mère. Mais elle ne revenait pas.

Les mains ouvertes des mères sont des livres d'images.

Et l'enfance apprend le souci de la vie qui se perd.

La plupart du temps, dans la nuit de la maison, tu ne peux te résoudre ni au temps ni à l'espace qu'il te faut partager avec les autres.

Seul, tu l'es vraiment.

Tu as beau rassembler ce que tu peux de présence pour faire comme eux, à table, tu redeviens très vite un bonhomme de neige que le soleil fait fondre. Tous les minuscules cristaux de froid qui te font tenir droit se désagrègent. Il ne reste plus qu'un petit rien qui n'arrive pas à dire les mots avec les autres.

Tu n'as nulle part où vivre dans ce monde-là.

Je sais bien qu'il faut que tu te fasses tout petit, encore plus petit, une poussière de petit garçon pour trouver, à l'intérieur de toi, une place où te tenir. Est-ce qu'un jour même cette place-là disparaîtra ?

Heureusement que tu as le chien que personne ne voit et les maisons où il t'emmène. Tu peux y retourner dans ta tête.

Je sais que souvent, tu attends la nuit. Les autres enfants aiment rester dans la lueur des lampes et le bruissement des voix du soir. Toi, non.

Habiter la nuit, dans ton petit lit, c'est plus facile. Personne ne te regarde. Tu laisses aller ton regard sur les formes que la pénombre laisse entrevoir. Les formes indistinctes sont tes amies. Tu les appelles en silence. Tu vois dans l'obscurité de la chambre de grands arbres et des choses que tu ne connais pas. Tu aimes voir les femmes accroupies autour d'un feu noir, silencieuses, paisibles et attentives au feu qui ne fait pas de lumière.

Leur présence dans le noir t'apaise. Souvent c'est alors que tu t'endors doucement.

Dans tes rêves, il y a des chants qui répondent à celui de ta mère. Des voix de grand brasier, de forêts éclairées. Dans tes rêves ta mère ne se montre pas mais tu la sens. Partout.

Tu n'aimes pas le retour du matin. Tu gardes les paupières bien fermées, même si tu es réveillé. Tu ne bouges pas. Ta grand-mère vient et te parle du jour qui t'attend en ouvrant tes volets. Mais tu sais bien que le jour ne t'attend pas. Le jour n'attend personne.

Il faut pourtant se lever.

S'il n'y avait pas le chien, tu ne vivrais plus du tout.

Ce jour-là est un étrange jour. La veille, tu as entendu le pas lourd du père qui rentrait du Café, très tard, plus tard que d'habitude.

Dans ton oreille, venus de la nuit, des rythmes assourdis et des images puissantes mais floues derrière ta nuque quand tu ouvres les yeux.

C'est l'aube et personne encore dans la maison n'est éveillé. Tu te dresses d'un coup et te lèves. Je te distingue dans la pénombre, debout, et je voudrais te dire qu'il est trop tôt, qu'à cette heure les enfants dorment encore et attendent le jour. Toi, tu écoutes la maison en sommeil. Un silence particulier. Pas le même que celui de la maison vide. C'est le silence des respirations embrumées. Tu aimes ce silence-là.

Le jour est encore dans l'ombre laiteuse de la nuit quand tu ouvres la porte. Dehors, on dirait que la clarté s'effiloche alors qu'elle se forme. Le début et la fin se ressemblent. Toi aussi il n'y a pas si longtemps tu étais encore dans la nuit laiteuse du ventre de ta mère. Un jour tu seras à nouveau dans cette brume lente et ce sera la fin. Entre les deux il y aura eu toute ta vie.

Ces choses-là flottent sans mots dans le silence particulier de ce matin-là, je suis sûre qu'elles pénètrent dans ta tête d'enfant parce que les enfants pensent loin. Je vois ta main sur la poignée de la porte. Tu refermes doucement derrière toi.

Tu tends ta main maintenant vers la brume, comme pour en saisir quelque chose.

C'est comme ça, dis-tu à voix haute. Ta voix dans la brume fait une onde légère, très précise. Quiconque t'entendrait alors saurait que ton articulation est nette et ta voix mélodieuse. Tu répètes les mots. Tu aimes cette phrase, une de celles que ta grand-mère prononce. Et selon de quoi elle parle, la phrase est légère ou bien très lourde. C'est comme ça, répètes-tu en avançant sur le chemin C'est comme ça. Tu répètes les mots jusqu'à ce qu'ils perdent leur sens, jusqu'à ce qu'ils deviennent juste une cadence qui accompagne ton pas.

Le chien a surgi au moment des paroles que tu as lancées dans l'aube. Il lape la brume. Les mots en même temps. Est-ce que les mots parlent une langue secrète dans la tête des chiens ? Son pelage est mouillé comme s'il sortait de la rivière. Mais peut-être est-ce juste la nuit qui a laissé sur lui ses gouttes obscures.

Tu tapes les paumes de tes mains l'une contre l'autre puis tu les frottes jusqu'à ce que la chaleur gagne tout ton corps. Rien de toi ne doit rester pris dans la glace des jours passés. Tu sautes d'un pied sur l'autre, on pourrait croire que tu joues ou que tu essaies de danser. Mais non.

Tu tentes juste de rester vivant entre le début et la fin.

C'est ta façon à toi d'éloigner la fin quand elle colle trop au jour. Si tu connaissais les rites d'autres pays, très lointains, tu saurais que depuis la nuit des temps, les hommes font comme toi ce matin pour éloigner la mort. Le contact de la terre frappée sous leurs pieds nus les pousse dans le monde des vivants quand la mort s'approche trop près.

Dans les villes d'aujourd'hui, ils ont inventé d'autres façons. Ils écoutent, assis, de la musique ou contemplent des choses peintes par leurs semblables, d'autres encore lisent des livres. Ils ont mille façons. Toi, tu n'as que ce que les pieds nus de ta mère t'ont enseigné. Peut-être un jour cela ne suffira-t-il plus. Peut-être un jour te faudra-t-il inventer une façon rien qu'à toi. Mais aujourd'hui, il te suffit de sentir que le sol que tu tapes du pied vibre jusque dans tes genoux. Alors le poids des choses qui vivent sous la terre, dans le secret des racines enchevêtrées et des pierres qui ne roulent sous aucun pas, redescend à sa juste place.

Tu es encore au début, au tout début. Il faut que tu ailles encore longtemps. Et seul.

Tant que les mères marchent auprès de nous, nous n'avons pas à nous soucier de la route. Nous marchons dans l'innocence de notre propre pas.

Toi, cette innocence, tu l'as perdue très tôt. C'est peut-être cela, un destin.

Ce matin-là, le chien que personne ne voit ne s'écarte pas de la route. Il va sans te jeter un regard, ni à toi ni à quoi que ce soit autour de lui. Sa marche est aimantée.

Vous êtes vite à la forêt. Il quitte brusquement tout sentier. Tu suis. Ton cœur bat. Les images floues de la nuit reviennent et t'enveloppent. De leurs couleurs indistinctes tu es vêtu. Tes doigts fins trouvent la force qu'il faut pour repousser une branche lourde, puis une autre. Tes doigts sur l'écorce des arbres sont les seuls signes humains maintenant auxquels ton œil peut s'agripper. Sans la vue de ta propre main, tu pourrais oublier que tu existes. La densité de la forêt est tellement plus forte que celle d'un être humain. Tu entends ta propre respiration et ce bruit-là te rassure. Ta respiration n'est pas celle des bêtes de la forêt, pas celle du chien non plus. C'est bien celle d'un humain.

Tu es le seul être humain dans la forêt.

Le chien avance sans bruit. Maintenant tu poses ta main sur le pelage sombre. Toucher ce pelage c'est sentir que le temps vient de très loin.

Sous ta main, le lointain. Dans les yeux de ta mère, le lointain. Et dans la densité de la forêt, dans son odeur, aussi. Le lointain est partout. Faut-il y disparaître.

C'est alors qu'une nouvelle maison apparaît. Juste derrière les hautes futaies des arbres. Il n'y a plus de chemin. Juste un passage, comme une ride entre les troncs noueux, serrés. Ton corps est agrippé par l'écorce des arbres. Retenu. Ton gilet se déchire. Tu passes.

La maison est brune. Des murs qui tiennent encore et au centre, une excavation. Plus de porte. La béance a une forme presque parfaite, arrondie. On pourrait y glisser et s'y tenir, les hauts murs tout autour. Tu poses sans réfléchir le pied sur les pierres éboulées. Ta main s'attarde sur les parois recouvertes d'ombre et de lichen.

Le chien alors se met à tourner autour de la maison comme autour d'une roue. Il ne regarde nulle part. Ses pattes ont un rythme régulier et lent. Il te montre quelque chose avec ses cercles presque parfaits. Mais rien ne vient à ton esprit engourdi.

Tu grimpes de l'autre côté de l'excavation. Dressé de toute ta petite taille, sur une terrasse sans rambarde tu reçois en plein visage la lumière naissante. Tu te penches. En bas, il y a le chien et ses cercles presque parfaits. Tu suis des yeux gravement son mouvement. Le chien est un bon maître. Tu décides de faire comme lui. Pour comprendre. À ton tour, tu marches autour de l'excavation, attentif à ne pas glisser. À ton tour, à pas lents et réguliers, tu fais des cercles presque parfaits.

Tu tournes comme le chien tourne. Dans ta tête d'enfant il n'y a plus que les pas du chien. Cela dure longtemps. Et puis – au bout de combien de temps ? – ta mémoire te redonne, comme un trésor, une bande de tissu brodé de minuscules perles de couleur rouge. Tu revois cet étrange bracelet. Il était attaché au poignet de ta mère. C'était un cercle presque parfait. Tu te rappelles les os fragiles de ta mère sous tes doigts et comme tu aimais les sentir sous les perles. Chaque perle, un petit renflement, une larme dure. Le chagrin de ta mère tout autour de son poignet, dur comme les cailloux du chemin.

L'histoire du bracelet, tu la connais. Venu d'un autre temps, porté par d'autres poignets. Toujours des femmes. Toujours de celles qui regardent les vies à l'intérieur des paumes des autres.

Elle avait dit Un jour on l'enlèvera de mon poignet aussi et il ira à quelqu'un d'autre.

Tu continues à tourner autour de l'excavation et le bracelet de ta mère prend place dans ta tête. Trop grand pour ton poignet. Trop petit pour t'en ceindre la taille.

Tu revois la perle rouge plus grosse qui le fermait. Et comment elle renvoyait la lumière.

Autour de quel poignet les larmes rouges de ta mère aujourd'hui ?

Les oiseaux sont là. Tu les entends sans les voir. Les oiseaux, eux, savent tout de celles qui marchent sur les routes et de celles qui disparaissent. Au milieu des pierres leur chant ne résonne pas comme dans les branches des arbres. Il devient minéral.

Tu cesses de tourner dans l'empreinte de la maison. Tu t'assois au bord du large trou. Le soleil est haut dans le ciel. La chaleur tape sur ta tête, pénètre les pierres. Tu pourrais laisser le sommeil venir. La maison se refermerait sur toi comme un coquillage et les bruits de la forêt s'estomperaient doucement. Est-ce ainsi que les mères disparaissent ?

Sous les pierres, tu te dis que les mots de ta mère sont tenus contre la terre. Tu entends le bruissement de la langue secrète qui monte des racines enfouies. Il faudrait soulever les pierres. Une à une. Que l'air passe. Et le grand soleil des routes. Mais il y a tant de pierres. Tu ne peux pas les soulever toutes. Ta vie n'y suffirait pas. Alors au bord du large trou, tu écoutes. Dans ta tête la voix de ta mère. Minérale aussi.

Les mots sont inconnus.
C'est une langue du dessous des choses.
La langue du corps de la mère.

Une langue qui a roulé sous les pas de tous ceux qui marchent sur les routes, dans leur sang, sous leur peau et sous les pierres.

Cette langue-là est vieille et obscure. Tu l'entends. Elle dit le dedans et le dehors, la peau entre les deux. Fragile. Vivante.

Elle œuvre.

La grammaire de cette langue-là ne s'apprend nulle part. Personne ne peut l'enseigner. C'est une langue sauvage. Qui va sa route de corps en corps, ne se donne que par le silence de la peau. Une langue aveugle comme peut l'être le petit au creux du corps de la mère, pas encore livré au monde. C'est la langue des rêves assourdis et des mythes des hommes. Certains l'ignorent toute leur vie. D'autres la laissent revenir parfois, dans l'amour ou le silence, revenue du secret de la mémoire. C'est cette langue-là seulement que parlait ta mère. Toi, dans son ventre, tu l'as entendue. Ta mémoire palpite.

Oser aller jusqu'au fond de la terre.

Faire tienne cette langue.

Oser.

Tu laisses tes petites jambes glisser contre les pierres contre la terre. Tout ton corps suit. Tu ne pousses pas de cri, n'appelles pas à l'aide, laisses ton corps s'ébouler comme les pierres dans l'excavation. Toi aussi, une pierre. Tout au fond, tout en bas.

Le ciel si loin.

Il n'y a place que pour un seul corps. Un seul. Le tien.

Tes yeux sont grands ouverts et le ciel est immense.

Il y a des moments dans la vie où tout peut se comprendre. L'évidence de la mise au monde, des liens sans regard que tissent le corps et le sang. Chaque bouche qui s'ouvre sur rien. Rien que de l'air. Qui entre, déplie la mémoire sans nom, fait palpiter tout ce qui s'ignore et qui est la vie.

C'est un de ces moments que tu vis. Peu de gens sur la terre le vivent aussi tôt. C'est ainsi pour toi. Tu comprends. Tu comprends et tu pleures. Tu comprends que tu es seul. Par tout ton être. Et c'est autre chose que de l'entendre dans les paroles des autres. Tu comprends que plus jamais ta mère ne sera là, son corps rassurant entre toi et le monde. Tu dis Plus jamais à voix haute. La terre t'entend. Les pierres t'entendent. Elle, non. Elle, elle ne peut plus rien ni entendre ni voir et ses mains sont inutiles et ses pieds sont tournés vers l'ailleurs.

Plus jamais.

Ces deux mots sont les tiens désormais. Il n'y a rien d'autre à savoir. Mais tu peux tout comprendre. Comprendre le noir et l'obscur de la terre. Comprendre que les os se perdent, qu'un jour il ne reste que leur blancheur nue et que cela ne fait pas de lumière. Comprendre la poussière.

Regarde les paumes de tes mains. Aucune histoire n'est tracée sur ta peau. Il n'y a pas de voix pour t'inventer une vie. Mais tu as la langue et elle est à l'œuvre. Tu n'as rien cherché mais c'est comme ça. C'est ta vie à toi. Je voudrais te prendre dans mes bras et te dire de ne pas avoir peur.

Alors pour la première fois le chien fait entendre sa voix. Il souffle un son très long et tu entends que le chien hurle son "Plus jamais". Pour toi. Pour ta mère disparue. Que les deux mots font un long hurlement dans sa gorge de chien.

Alors toi aussi, du fond de la terre, tu peux hurler. La bouche grande ouverte. Je t'entends.

Le hurlement du chien le hurlement de l'enfant, il n'y a plus que cela dans le monde de la forêt.

Les oiseaux se sont tus. Les arbres se dressent, silencieux. Le hurlement soulève feuilles branches plumes écorce. Un grand souffle. Peut-être encore plus loin dans le monde des maisons.

Maintenant il faut que tu remontes jusqu'au jour. Que tu t'agrippes à la terre aux racines et que tu te hisses. Va. Le chien t'attend. Agrippe-toi à son lourd pelage. C'est la seule aide que tu aies et qu'importe que personne ne le voie. Il est là seulement pour toi.

Remets-toi debout.

Ce jour-là est étrange aussi pour ton père. Il s'est réveillé tard. Il n'a pas l'habitude de dormir aussi longtemps. Il a eu des rêves mais n'en garde aucune image, juste la sensation de la tête lourde, mais pas comme avec le vin.

C'est le jour de la semaine où ta grand-mère part tôt faire sa "tournée". De ferme en ferme, elle achète tout ce qu'il vous faut pour vivre. Vous, vous ne faites pousser aucun légume et vous n'élevez aucune bête.

La maison est vide.

Ton père fait réchauffer le café noir, et parce qu'il est seul dans la maison et qu'il n'en a pas l'habitude, quelque chose d'inconnu le gagne, une lenteur dans les gestes, comme un silence de tout le corps. À croire que le sommeil ne le quitte pas vraiment. Il essaie de chasser l'étrangeté de cette sensation : un corps encore endormi à l'intérieur de son propre corps. Mais rien à faire, la sensation persiste. Il se ressert du café très chaud, respire longuement l'odeur âcre. Ses paupières se ferment.

Alors il se retrouve au temps où il était un enfant, ici même. Dans cette cuisine que la venue d'une femme n'a pas changée, où seuls demeurent les gestes de l'enfance. Ta mère n'a pas laissé de trace ici. Et pour la première fois, il trouve que c'est étrange. Comme si rien de sa vie ne lui était advenu.

Il boit le café, c'est le goût qu'il connaît bien. Mais de se le dire, ce matin, fait que lui ne se sent plus le même. Comme s'il regardait sa propre vie, ses habitudes, avec un écart qui rend les choses étranges et palpables. Une densité inconnue opacifie son monde et il veut chasser ça aussi. Il sent sourdre une appréhension dont il n'est pas le maître. Il tente un coup du plat de la main sur la table comme pour dire Ça suffit ! un bruit qui claque fort comme il sait bien le faire. Un bruit qui d'ordinaire fait rentrer les têtes comme tortue sous carapace. Il tente un juron mais sa propre voix et le bruit lui paraissent étranges aussi parce qu'il n'y a personne pour les entendre. Rien que lui.

Quand il était enfant, il se calmait des grandes peurs en taillant des bâtons. D'où venaient ces grandes peurs d'enfant et de quoi est faite la peur qui revient aujourd'hui ? Il ne s'est jamais posé ces questions. Mais aujourd'hui la mémoire rôde, insiste.

Dans l'atelier de son père, au fond du jardin, il y avait ce que tout le monde appelait "la petite loge". Une sorte d'appentis où on remisait ce qui était au rebut. Vieux outils, boîtes, chaises à rempailler. Enfant, il se glissait dans "la petite loge". Il aimait y retrouver l'odeur douceâtre et âcre à la fois des effluves végétaux où pourrit le vieux bois. Ce que ta grand-mère appelait "la puanteur" le protégeait de toute visite. Aujourd'hui sa mémoire continue le travail dans la cuisine vide. Un jour, il se rappelle, il avait ramassé des branches d'arbres après un vent violent. C'était au printemps quand avril passe du soleil au grand vent puis aux averses drues et soudaines. Pendant une éclaircie, il avait fait un fagot et l'avait porté jusque dans la petite loge. Et qu'importaient le grand vent et les bourrasques de pluie, ses mains réclamaient de l'ouvrage.

Dans la maison c'étaient les mains de sa mère qu'il voyait toujours affairées. Les mains de son père, elles, reposaient à plat sur ses cuisses quand il rentrait et attendait le repas.

Il se rappelle qu'il enviait les mains des femmes parce qu'à la maison elles n'arrêtaient pas de toucher des choses différentes tout au long de la journée. La laine douce et chaude et le fil fin des aiguilles, le contact lisse, toujours un peu humide et glissant des légumes qu'elles épluchaient, le linge qu'elles lavaient, et la faïence, et le bois des meubles qu'elles ciraient. Ces mains-là chaque soir étaient riches de tout ce qu'elles avaient senti. Tout un monde vivant au creux de leurs paumes. Lui, dans la maison, il n'avait pas le droit de toucher à grand-chose. Il le faisait quand même, furtivement. Mais il prenait tout son temps à observer, c'est ce qui lui avait permis de devenir le bon menuisier qu'il était.

Ce matin, dans la cuisine, il se rend compte que chez chaque femme qu'il a croisée c'est toujours les mains qu'il a d'abord regardées.

Ta mère, elle, ne lui en avait pas laissé le temps. Sur le champ de foire, c'est elle qui s'était emparée de la sienne en premier. Il n'avait pas eu le temps. C'est peut-être ça, la destinée.

Le temps passe et à la table de la cuisine, il est toujours assis. La mémoire ne le lâche pas. Il se revoit, petit, son fagot dans les bras, poussant du pied la porte de la loge, prêt à inventer des gestes qui font qu'on est au monde. Ses mains d'enfant avaient débarrassé les branches de leurs feuilles, elles avaient redonné à chacune sa forme première, celle que le printemps fait disparaître en quelques jours sous le feuillage. Il avait eu du contentement, ah oui, à tenir une branche dans sa main, bien serrée, à aller jusqu'au bois nu, lisse. Son père lui avait offert pour Noël un couteau. Il ne s'en était pas encore beaucoup servi. Il l'avait sorti de sa poche et s'était mis à gratter l'écorce. Il incisait avec la pointe du couteau puis des morceaux d'écorce entiers venaient sous ses doigts. Il avait aimé cela.

Maintenant, je vois sa main qui repousse la tasse de café sur la table. Le couteau, il l'a toujours. Il le cherche au fond de sa poche, le pose bien à plat sur la table. Ce couteau l'a suivi partout. C'est avec ce couteau qu'il veut faire quelque chose aujourd'hui.

Il se lève. Il sort.

Depuis combien de temps n'a-t-il pas franchi la porte de la petite loge ? Il soupire fort. Il y a des jours dans la vie où on ne sait plus dans quel sens coule le temps. Peut-être est-ce cela aussi la destinée. Il obéit juste au désir de ses mains, entre dans l'appentis. La lumière arrive par la lucarne. Elle passe à travers la poussière et voile tout d'un tamis qui rend les choses étrangères. Il a le cœur lourd. Il ne se sent plus à sa place ici. Trop grand, obligé de baisser la tête pour ne pas se cogner au plafond en pente. Il redresse le tabouret où il passait son temps, juché, cale instinctivement le pied plus court comme il le faisait jadis, sur le sol inégal, pour qu'il soit bien d'aplomb. De refaire ce geste d'avant, cela met en route la suite. Comme avant, il s'assoit, pose les coudes sur la table. Maintenant il lui faudrait une branche à tailler. Mais il a les mains vides. Rien que les souvenirs et il n'a pas envie d'en gratter l'écorce. Il sort son couteau pourtant et le tient à la main. D'en sentir le manche bien calé dans sa paume, à nouveau dans ce lieu, ça le rassure et le trouble à la fois. Que vient-il chercher ici ? Il n'y a pas de réponse à ce qui le ronge. Ta mère a disparu. On dit qu'elle est morte. On n'en sait rien. Personne n'en sait rien. Il n'y a pas de corps.

Il a besoin soudain que l'air et la lumière passent, un besoin impérieux. Il se bat contre la lucarne qui résiste. Il y met toute sa force. Quand il y parvient, il s'est tellement arc-bouté qu'il en perd l'équilibre, se rattrape comme il peut. Une écharde lui est entrée profondément sous la peau. Avec la pointe de son couteau il extrait le bois effilé comme une aiguille, puis fait couler le sang pour nettoyer. La pensée que ses doigts sont devenus des branches, qu'il n'y a plus qu'à écorcer. Il appuie la lame du couteau sur la paume de sa main. Il suffirait de quelques estafilades, et toutes les lignes de sa main seraient brouillées. Sa vie avec. À refaire. Mais il n'a plus la force des recommencements. C'est fini. Il appuie sur le bout de son doigt jusqu'à ce qu'aucune goutte de sang ne coule plus. Et il sort de la petite loge, épuisé par quelque chose qu'il ne connaît pas. Aujourd'hui il n'échappera pas à la mémoire.

Il ne retourne pas vers la maison. Il marche, la tête alourdie d'une mémoire obstinée.

Sur les branches, il se rappelle, il laissait des cercles d'écorce. Il y gravait des signes. Il se rappelle aussi qu'il était fier parce que ça faisait comme des lettres alors qu'il ne savait pas encore écrire. Tout un alphabet inventé du bout du couteau. Ça ne ressemblait à aucune langue. Peut-être que ta mère, elle, aurait su déchiffrer. Il ne lui avait jamais parlé de tout ça. Tant de choses qu'on ne dit pas. Et aujourd'hui.

Il sent le dessin froissé qu'il a glissé au fond de sa poche ce matin. On fait des choses parfois… est-ce que quelqu'un pourrait lui apprendre à comprendre ça ? On apprend quoi dans une vie ? Qui vous apprend ce que c'est que vivre ? Et disparaître.

Le bout de tes doigts glisse contre l'écorce des arbres. Tu as encore la sensation chaude de la terre sur ton ventre. Tu es sorti de la maison de l'excavation en rampant, comme on sort d'un tunnel. Le vertige du cercle est encore dans ta tête. Tu es devenu une question tournante du monde.

Tu es une infime roue dans l'univers

Tu dis des mots dans une langue que tu ne connais pas. La langue sauvage de ta mère dans ta bouche. Tu égrènes des sons dans la forêt. Les forêts sont faites pour ça. Les forêts portent sur leurs branches les mots de ceux qui ont erré et les plaintes qu'aucun être humain ne peut entendre. Les forêts oublient les mots et la neige les recouvre quand elle enrobe chaque branche. Cela fait les feuilles neuves des printemps. Les mots oubliés ont perdu leur sens. Ceux qui les ont dits sont morts ou égarés. Parfois ils restent toute leur vie dans les forêts et plus personne ne sait ce qu'ils sont devenus.

Toi tu poursuis ta route. J'entends ton étrange mélopée, si bas qu'on pourrait croire que tu t'adresses à la terre pour la prier doucement.

Ton père est cet homme qui marche vers la rivière. Il a dans la main le couteau de l'enfance toujours serré. Il ne sait rien du temps des routes ni des autres pays. Il n'a jamais eu le goût des ailleurs lointains.

Il marche la tête encore empesée des pensées du matin. Comme tous ici, ses journées sont réglées et il reste juste assez de place pour se demander si on ira au Café le soir ou si on rentrera. Et aujourd'hui il se rend compte que c'est une vie de rien. Il n'a aucun regard pour ce qu'il croise. Ses pas le conduisent à la rivière et il les laisse faire. Dans sa poche le papier vieilli fait une peau très douce sous ses doigts. Il marche comme on va à la guerre.

La rivière, tout le monde la connaît au village. On en écarte très tôt les enfants par des histoires qu'il a lui aussi entendues. Ta mère, personne ne les lui avait racontées et elle ne savait pas que la rivière est pleine de trous d'eau où ça tourbillonne, de marmites bouillonnantes qui entraînent les imprudents par les cheveux. La rivière, on se contente de se rendre compte qu'elle est là, tout près, parce que soudain la rumeur de l'eau parvient à l'oreille. Cela suffit pour qu'on s'en éloigne. Parfois on ne distingue pas vraiment le bruit. C'est sournois. Il faut prendre garde. Ici, on se méfie de l'eau qui ne reste pas en place.

À la grande époque de la scierie on n'entendait rien et on racontait que c'était pour cette raison que les enfants se noyaient. Les pères retournaient quand même travailler le lendemain. C'était un sort. La rivière était le danger du village. Et on se disait que chaque lieu a son péril. Il faut bien craindre la mort. D'une façon ou d'une autre. Et mieux vaut le faire jeune. Ça donne du prix à la vie de chaque jour même si elle est maigre.

Ton père est cet homme qui marche et qui cherche dans sa tête les histoires que sa mère lui racontait enfant pour l'éloigner de la rivière. Des peurs et des peurs…

Ce même jour, toute la matinée ta grand-mère va de ferme en ferme. Elle ménage son pas, au retour il faudra de la force pour porter les paniers pleins. Le temps de sa tournée chaque semaine, elle se sent bien vivante. Tant qu'elle pourra, ça ira.

Dans sa tête, la liste des courses qu'elle doit rapporter. Il n'y a que ça pour tenir une famille. Préparer ce qu'on posera sur la table. Elle y met tout ce qu'elle a appris dans sa vie pour rendre appétissants ce qui ne coûte pas trop cher. Elle choisit les herbes pour chaque plat. Les herbes, c'est tout ce qu'elle fait pousser. Parfois personne ne s'en rend compte mais elle, elle guette, elle a essayé une saveur nouvelle. Si vous mangez plus lentement, elle sait que vous goûtez. Elle se dit qu'au même moment vous avez tous les trois le même goût dans la bouche. Dans le fond une famille c'est ça. D'abord ça. C'est ce qu'elle a appris depuis toute petite. Ta mère lui avait aussi montré comment oser mélanger l'acide et le doux. Elle continue à le faire parfois, c'est sa façon de te dire qu'elle ne l'a pas oubliée. Ces jours-là tu manges avec une application particulière.

Ta grand-mère a appris à chasser de sa tête tout ce qu'elle ne peut pas résoudre. Quand les pensées lui viennent et la tarabustent, elle chantonne. Et ce qui est étrange, c'est qu'elle s'est libérée la tête en chassant Dieu. Si elle va encore à l'église chaque dimanche c'est parce qu'elle a appris qu'au village c'est la seule façon de passer inaperçue.

Elle ne se rappelle jamais les songes de la nuit mais le jour, oui, elle rêve. Dans la maison, elle laisse son regard s'accrocher à un bout de tissu, un torchon, un tablier à la couleur passée. Surtout les bleus, éteints, délavés. Elle entre dans la couleur et se laisse porter. Elle peut rêver longtemps, debout, les yeux ouverts. Quand elle fait sa tournée dehors au grand air, elle rêve d'une autre façon. C'est l'enfance qui vient la chercher. Elle a tellement parcouru ces chemins, elle les connaît par cœur. Elle retrouve son pas de petite fille.

Aujourd'hui, ça lui a fait un étrange effet d'avoir laissé ton père dormir à la maison. Il ne dort jamais autant. Elle a bien vu qu'il avait trop bu la veille. Elle a craint les cris à nouveau. Elle est si lasse des cris. Elle pensait que ta mère partie, les cris cesseraient et que tout redeviendrait comme avant. Mais non. Ta mère lui a laissé la rage dans le corps et contre ça, il n'y a rien, elle le sait, elle a suffisamment vu les hommes de près pour l'apprendre. Elle se dit parfois que si elle avait réussi à aimer cette femme, tout peut-être se serait calmé avec le temps. Mais voilà. Elle t'aime toi, oui, c'est une affaire de sang, le même dans vos veines, mais ta mère, elle ne parvenait pas à l'aimer. Étrangère et étrangère. Femme des routes et d'autre langue. Elle lui faisait toujours un peu peur.

Elle soupire. Elle calme d'une voix rude le chien de la première ferme. Il n'y a rien à faire, ce chien ne la reconnaît jamais tout de suite. Le temps de l'aboiement, elle est une étrangère pour lui, elle aussi. Maintenant il flaire ses jambes, reconnaît son odeur. La fermière est déjà à la porte. Elles se saluent. Ta grand-mère est redevenue la vieille femme que tout le monde connaît. Pour la première fois elle se demande ce que ça fait d'être toujours une étrangère, là où on vit.

Toi, tu as marché longtemps, le chien à tes côtés. Rien n'aurait pu te distraire. La maison de la brume, la maison de l'excavation ont disparu peut-être dans ton dos, comme ta mère. Tu ne te retournes pas. Tu attends que quelque chose surgisse de ta route, tu ne sais quoi, qui t'éclaire.

Je vois que ton pas est fatigué. Il serait sans doute plus sage de retourner dans ta maison à toi, au village mais quelque chose t'attire plus loin. Ce jour est un jour pour découvrir. Le dos contre un arbre, tu te laisses glisser à terre.

Tête levée tu cherches à comprendre. Peut-être est-ce un trop long chemin.

Tu te demandes où aller maintenant. Le monde est si vaste et tes jambes si fluettes. Tu restes accroupi, la tête contre l'écorce lisse. Ton corps est tout engourdi.

Tu es adossé à l'absence.

Chacun de tes jours sera adossé à l'absence. Tu apprends qu'aucune porte ne pourra ouvrir ni fermer cela.

Tu grattes la terre du bout des doigts. Tu reconnais la terre humide de la rivière. Tu as dû t'en approcher. Tu enfonces toute la main sous cette couche qui ne résiste pas. Puis tu remues doucement les doigts, un par un. La terre colle à ta peau.

Il faudrait aller jusqu'à la rivière, plonger la main et laisser l'eau s'écouler lentement sur tout ce qui ne se reverra plus jamais. Mais.

Tu traces du bout du doigt des lettres. Tu connais les mots de l'amour dans la langue de ta mère et tu peux les écrire en silence. Tu es tout contre le mystère de ce qui disparaît.

Il y a des choses qu'on ne peut comprendre que lorsque toute lumière a cédé. Toute espérance de lumière. Lorsqu'il n'y a plus rien que la vérité nue des corps qui s'éloignent à jamais et qu'on ne touchera plus. Tu apprends cela dans ta chair. Et c'est apprendre que ton corps à toi disparaîtra aussi un jour. Que les arbres resteront, que la rivière restera et peut-être ce que tu écris aussi, là, du bout du doigt si personne, personne jamais, n'efface tes lettres sous ses pas.

Les mots des langues ignorées restent à l'abri des bouches. Personne ne les entend. Ces mots-là sont seuls à détenir quelque chose qui fait vivre.

Encore. Et aller dans le jour. Parce qu'il faut bien que toute nuit cesse.

Les lettres que tu traces n'ont pas besoin de tes yeux. Tu les sens du bout des doigts. Dans l'ombre humide de la rivière tu parles à ta mère. Sa langue sauvage est en toi pour toujours. Et toujours c'est juste ta petite vie sur cette terre.

Tu as dans les os le temps très ancien de ceux qui marchent pour les autres, qui protègent les rêves.

Ton père aussi est près de la rivière. Ce qu'il entend maintenant, c'est une voix venue de son enfance à lui. Celle de ta grand-mère l'appelant au soir qui tombe. Lui, il était dans la petite loge, à tailler minutieusement ses branches, à les décorer de lettres étranges. Sa mère jetait sa voix entre ses deux mains placées de chaque côté de la bouche, du seuil de la maison. Il la laissait appeler. Son nom lancé dans l'air du soir, c'était un étrange plaisir, il se souvient. Il existait plus fort dans l'appel de sa mère. Dans cette voix qui le hélait au crépuscule. Bien plus que lorsqu'il était présent devant elle.

Aujourd'hui c'est un homme. Il entend encore dans son souvenir son nom lancé dans l'air du soir. Il voudrait tant que là, maintenant, on l'appelle à nouveau de cette façon particulière dont on appelle les enfants. Il irait tout de suite. Soulagé de tout ce qui se passe dans sa tête depuis le matin. Défait de cet état étrange qu'il ne comprend pas.

Mais rien.

Il n'y a que le bruit rampant de la rivière et son pas ralentit.

S'il va là-bas, s'il va jusqu'au bord. Son cœur bat fort. Il a le souffle de qui traque une bête. Pourquoi ne pas aller jusqu'au bout ? De quoi avoir peur ? D'une eau claire qui coule ? Mais il a beau nommer les choses tranquillement avec des mots, ses jambes pèsent le poids de la peur. La peur de la rivière monte par la terre humide. Aussi forte que lorsqu'il était tout petit et que ta grand-mère excédée menaçait Si tu continues la rivière viendra et elle t'emportera.

Il poursuit à pas comptés. La végétation change quand on s'approche de l'eau. Il reconnaît les plantes qui ne poussent que dans cette terre ombreuse. Il y en a d'étranges, presque sans tige qui étalent leur couleur à même le sol. Il évite de les piétiner, colle son regard aux taches de couleur. Il revoit la jupe aux motifs incertains, cette jupe que ta mère portait quand elle est partie. Les vêtements habituels des autres femmes avaient sur elle une allure peu commune. Son corps n'y tenait pas comme il aurait fallu. Même achetés pour elle, ils avaient l'allure de vêtements d'emprunt. Elle les avait laissés dans l'armoire. Elle avait remis sa vieille jupe.

Il se dit qu'elle n'était pas faite pour boutons et fermetures. Il fallait que ses gestes soient libres sous les tissus légers. Il fallait d'autres ampleurs à ses jambes. Tout ici lui pesait.

Et son corps à lui, sur elle, était-il assez léger ? Chaque nuit cet élan que peu d'hommes connaissent. Chaque nuit avec elle le pacte renouvelé des peaux qui se cherchent et s'attirent. Pourquoi n'a-t-il rien senti de particulier la dernière fois, la dernière nuit ? pourquoi son corps ne lui a-t-il donné aucun signe ? est-ce que quelque chose, sous la peau, ne sait pas ces choses-là ? est-ce que les corps ne savent pas qu'ils vont être séparés pour toujours ? comment est-ce possible qu'il n'y ait rien, rien qui indique que le matin sera vide et tous les autres matins vides.

Il voit une bête glisser vers la rivière et il a le geste d'enfant de l'attraper. Mais la bête file.

Il a le regard dur de ceux qui ont tout perdu en une seule fois. Le regard de qui n'espère plus rien. On peut faire des saints avec ce regard-là. Ou des meurtriers. Lui, il reste un homme comme les autres. Aucune guerre aucune cause ne lui permettra de donner forme à ce qui lutte en lui. Est-ce que vraiment la vie des uns vaut la vie des autres ? Et lui sa vie maintenant.

Sa lourde chaussure vient d'écraser quelque chose. Il ne s'arrête pas. Il a entendu le craquement plus qu'il ne l'a senti. Quelque chose s'effrite sous ses pieds, comme du verre, ou des os très anciens. Alors la rage le prend et le désir de piétiner les os de cette femme, où qu'elle soit, et il a honte de ce désir. Il se fait horreur de l'avoir pensé. Il a peur de lui-même. Il s'est toujours demandé si les morts enfouis migraient silencieusement sous la terre et allaient se perdre à la rivière.

Est-ce que les images de mort qu'on transporte font mourir ceux qui vous approchent de trop près ?

Il est sûr aujourd'hui que cette femme, que son corps appelle toujours, avait aussi des images de mort sous la peau. Quand ils s'étreignaient, est-ce cela qu'ils partageaient ? Les femmes des routes comme elle pouvaient tout accueillir. Leurs corps prenaient l'obscur des visions et s'en délestaient en les égrenant sur les routes. Elle, elle ne voyageait plus. Il l'avait clouée à demeure. Elle ne pouvait plus se défaire des images.

Est-ce qu'elle avait disparu parce que les images pesaient trop lourd ?

Il est arrivé à la rivière. C'est la première fois qu'il la contemple.

Aujourd'hui ta grand-mère hésite avant d'aller jusque chez Émilienne, sa vieille amie, comme chaque fois à la fin de sa tournée. Elle ne sait pourquoi. Son pas est comme suspendu.

C'est la marelle de son enfance qui revient. Elle la revoit, tracée à la craie sur cette même route. Il y avait la terre en bas et le ciel en haut. On allait sur un pied de l'un à l'autre et le monde était en ordre. Si on chutait, c'était qu'on ne savait pas garder l'équilibre. On n'avait qu'à apprendre. L'ordre du monde, lui, était immuable.

Le souvenir revient sous ses pas raides de vieille femme aujourd'hui. Elle se rappelle. Elle était si jeune, elle comptait encore parmi les enfants même si ses seins poussaient. Les garçons commençaient à peine à y jeter un œil. Elle pouvait encore jouer avec les autres. Mais elle savait que bientôt la mère la retiendrait à la maison et que les jeux seraient finis.

Et Dieu avait laissé faire tout ce qui s'est fait un jour d'été, sur cette même route, sur le monde à plat de la marelle. Dieu, aplati, lui aussi. Il n'avait pas résisté aux pas lourds d'un homme, à ses mains sans mesure. La marelle, si. Et elle, elle avait continué à chantonner comme si elle ne sentait pas les mains de l'homme sur son corps, comme si tout cela se déroulait loin d'elle, loin. Elle continuait à sauter d'une case à l'autre. Elle n'était pas tenue, écrasée sous le poids sans pitié de l'homme. Son corps ne sentait plus rien. L'odeur de tabac et de terre mêlés ne pénétrait pas ses narines. Les yeux fermés. Oublier le visage. Oublier tout. Quand l'homme l'avait laissée, elle s'était relevée, vite. Elle avait effacé chaque ligne blanche de la marelle en frottant comme une folle. Dieu s'était effacé avec la craie. Sous ses pieds de petite fille.

On peut croire qu'on a tout effacé et faire sa vie comme si de rien n'était. Mais non. Un jour, tout est là à nouveau. Et c'est aujourd'hui.

Les femmes comme elle ne partent pas sur les routes. Pourtant c'est cela qui l'aurait sauvée. Partir, quitter tout, ne plus jamais revoir sa maison ni le village. Il aurait fallu une vie nouvelle pour être elle aussi neuve. Mais quand on est une fille de village on reste au village et on se tait et on croise l'homme qui sort du Café, qui ne vous jette pas un regard, et on ne dit rien. On oublie. Vient le temps où on se demande si cela a vraiment eu lieu.

Ce matin, ta grand-mère sait que cela a bien eu lieu. C'est là, sous ses pieds de vieille femme et elle qui ne pleure jamais, laisse couler les larmes pour la petite fille qu'elle était. Aujourd'hui elle comprend qu'elle a passé sa vie suspendue entre ciel et terre, à bourdonner avec les mouches et les abeilles. Elle ne lève plus les yeux que pour voir les voyages lents et beaux des nuages. Et si elle va à l'église, elle n'y fait plus rien. Ni prière véritable ni communion. Comment communier avec ce qui a fui ?

Ce matin, son pas de petite fille est revenu dans ses jambes. Mais c'est avec toute sa force de vieille femme qu'elle écrase dans son souvenir le corps lourd de l'homme, qu'elle sort un couteau, qu'elle lui enfonce la lame dans le ventre, qu'elle regarde le sang qui coule et que les râles de l'homme, ce sont des râles de mort. Enfin. Aujourd'hui, oui, elle le tuerait sans une seule hésitation, elle le sait et elle sent jusque dans ses os une joie sauvage.

Toi, l'enfant, tu as marché jusqu'au bord de l'eau et j'ai peur d'un mauvais pas car ma main ne peut pas te guider. Je ne vois plus le chien auprès de toi. Ton regard se perd dans le tourbillon de l'eau.

Tu te rappelles. Un jour, les cris de ton père avaient fait vibrer l'air plus fort que d'habitude dans la maison et sa main d'homme était retombée sur la joue de ta mère. Ton cœur avait d'un coup envahi toute ta poitrine. Ta mère s'était immobilisée. Toute sa vie serrée dans ses poings fermés. Elle s'était brutalement retournée, t'avait vu. Dans sa main refermée sur la tienne, la rage. Par la porte laissée ouverte derrière vous deux, tu entendais la voix du père Où tu vas encore? mais il ne vous avait pas retenus. Elle marchait comme quelqu'un qui sait où il va, qui n'a que trop remis le moment de se mettre en route. Tout le long du chemin, elle s'est tue mais toi, tu comprenais tout. Tu savais que la main sur son visage avait balayé la soupe odorante, la chaleur du poêle l'hiver et le moelleux du lit. Il fallait en finir avec tout ça et toi, tu étais prêt à aller avec elle. Tu serrais fort sa main. Rien ne vous arrêterait. Vous pouviez partir, tous les deux. Vous sauver au bout du monde. Vous sauver. Ton cœur était un tambour de guerre.

Elle s'était arrêtée là où tu es maintenant, face à la rivière. Debout. Qui pouvait savoir ce que serait le prochain pas ? Dans ta tête il n'y avait plus rien qu'une grande place vide pour que ta mère tournoie encore. Mais elle était restée immobile. Puis elle avait poussé un grand soupir et elle t'avait lâché. Toi, tu avais retenu sa jupe serrée entre tes doigts. Elle avait fait un pas vers la rivière. Tu t'étais agrippé au tissu. Tout ton poids d'enfant arc-bouté. Tu l'avais arrêtée.

Aujourd'hui tu revois son visage quand elle s'était tournée vers toi. Le visage de ce jour-là. Lavé de tout, juste empreint de son amour infini pour toi. Ce visage-là t'accompagnera toute ta vie. Garde-le en toi et oublie tout le reste. Tu le retrouveras dans le visage de chaque madone sur les tableaux. Garde-le. Toi tu sais que les mères qui ont ce visage-là sont celles qui ont su un jour retenir leur pas. Un enfant comprend tout.

Le pas en arrière, c'était le pas de ta vie. Car tu l'aurais suivie. Et elle, elle le savait.

Elle s'était assise au bord de la rivière, t'avait pris tout contre elle. Elle avait continué à te regarder, tu contemplais son visage et elle t'avait parlé, longuement, comme jamais encore elle ne t'avait parlé.

Au début tu avais eu du mal à comprendre. Elle te racontait qu'il existe une maison. La maison de l'à-pic. Qu'avant de prendre les grandes décisions de la vie, il fallait y grimper. Elle habitait ses mots et tu la suivais.

Aujourd'hui ta mémoire te ramène dans la bouche de ta mère. Tu suis à nouveau chacun des mots au secret de sa bouche. Elle disait.

Tu verras, chaque pièce est vertigineuse. Aucun meuble n'y tient. On y vit assis par terre ou sur les genoux. Si on se lève et qu'on marche il faut écarter les bras pour garder l'équilibre. C'est une maison où on ne peut pas crier, pas faire de gestes brusques. On est bien trop occupé par chacun de ses pas. Les cris pourraient faire vibrer l'air trop fort contre les murs et les pierres n'y résisteraient pas.

La maison de l'à-pic est une maison sage. Vivre en haut d'une falaise calme les esprits.

Elle avait ajouté Un jour tu la trouveras. Elle est là, elle t'attend. Chacun de nous a sa maison de l'à-pic au fond de lui. Mais la plupart ont trop peur pour y monter. Toi, il faudra que tu y montes.

Sur ton front, l'index de ta mère passait et repassait. Elle lissait les cris du père dans ta tête d'enfant, elle effaçait doigt après doigt la main qui frappe, et peu à peu les choses terrifiantes s'éloignaient, perdaient le pouvoir de te réduire encore et encore. Elle faisait place pour la maison de l'à-pic dans ta tête. Tu te rappelles comme tu te serrais contre elle. Tu lui offrais aussi ton visage, les yeux clos. Quand elle le caressait de ses doigts si précis, c'était comme si elle le dessinait dans l'air et avoir un visage devenait facile.

Je voudrais passer mon index sur ton front aujourd'hui et faire revenir l'infinie confiance qui gonflait ton cœur à chacun de ses mots.

Elle disait encore Tu verras, si tu rentres et que tu arrives à monter jusqu'à l'étage, tout en haut, et encore plus haut dans la petite tourelle, tu découvriras au loin une ville. Cette ville n'apparaît qu'à ceux qui osent monter jusque-là et ce sera ta ville. Dans le lointain tu la distingueras et tu ne sauras pas si tu vois des maisons ou des bateaux, des clochers ou des mâts, les voiles repliées. Personne ne sait vraiment. Devant il y aura l'océan. Tu verras comme l'océan est vaste mais d'abord ce sera comme une brume qui borde la ville… Tu écoutais. Les cris du père s'effaçaient. Rien ne résistait à la voix de ta mère. Rien.

Depuis tu as tenté de mettre ensemble les mots bateau, océan et mât mais toi, tu ne connais que la forêt et la rivière. Aucune image n'est venue des mots assemblés dans ta tête. Rien. Jusqu'à aujourd'hui ta maison de l'à-pic est restée tapie au fond de toi.

Aujourd'hui, c'est le jour où tu peux l'atteindre. Tu sens qu'elle monte en toi, venue d'un espace que tu ignorais au fond de toi, qui attendait. Les yeux fermés, derrière tes paupières, tu la vois. Elle se dresse devant toi. Et tu y pénètres. Je te suis à pas silencieux. Tu tiens miraculeusement debout mais ta mère avait raison tout est vertigineux. Tu ne peux plus penser qu'à ta marche, pas à pas. À rien d'autre.

Ta peur glisse de ton cœur à tes jambes : tu dois garder tout le poids du corps en équilibre. Trop d'un côté ou de l'autre et la maison pourrait s'écrouler.

Tu dois avancer d'un pas égal. Comme un funambule. Est-ce que ta mère a pu monter jusqu'en haut de sa tourelle ? Tu penses que pour toi c'est plus facile car tu ne pèses pas lourd sur terre.

Tes pieds se posent à peine sur chaque marche. Tu regardes les nœuds anciens dans les veines du bois et tu y vois les mains de ta grand-mère. À d'autres endroits le bois semble ne jamais avoir été touché. Il est lisse, d'une belle couleur chaude. Alors ce sont les mains de ta mère que tu revois. Tu es porté doucement par les mains des deux femmes. Tu ne peux pas tomber. Je te vois gravir lentement chaque degré plus haut, encore plus haut. Jusqu'à la tourelle.

L'escalier a tant de marches qu'il ne faut pas les compter. Tu sens l'air frais venir à la rencontre de ton visage. Il faut continuer à gravir. Sans peur. Je te tiens dans mon regard.

La maison bruisse comme la forêt ou comme l'eau de la rivière. Tu laisses le son t'envelopper. Tu continues.

Maintenant le vent souffle fort. Tu n'as plus le tissu rouge fané de sa jupe pour te tenir agrippé. Tu n'as plus d'autre appui que l'air. Alors tu fixes un point, loin, comme elle le faisait et tu y arrimes ton regard. Elle t'avait dit qu'au loin apparaîtrait ta ville.

Tu attends.

Tu ne vois rien.

Est-ce que vraiment ta mère était une folle vagabonde qui racontait n'importe quoi comme le crie encore ton père parfois ?

De toutes tes forces tu redonnes ta confiance aux mots qu'elle a prononcés. Tu chasses toutes les insultes et tous les doutes.

Tu la revois comme toi seul pouvais la voir.

Je te tiens dans mon regard. Je ne te quitte pas. Tant que tu es là-haut je suis là. J'attends avec toi. Le vent pique tes yeux de plus en plus fort, là, derrière tes paupières. Et je le sens aussi.

Alors le visage revenu de ta mère, son visage d'amour infini, ouvre enfin l'horizon. Tes larmes coulent et tu ne fais rien pour les arrêter.

C'est par les larmes que tu vois.

D'abord la brume. Le ciel n'a plus aucune couleur connue. C'est un ciel qui ne connaît ni lumière ni nuit. Il faudrait le toucher pour sentir la couleur nouvelle mais on ne peut pas toucher le ciel. Tu acceptes l'inconnu de ce ciel-là. Et ta ville apparaît enfin.

Ton visage maintenant est celui d'un enfant qui n'a plus peur de rien. Tu vois la ville à l'intérieur de toi. Elle s'offre. Ses toits sont hauts et reflètent des mouvements réguliers et lents comme les battements de ton cœur. Ton cœur à l'unisson bat avec le cœur lent de la ville. Tu laisses ton regard découvrir l'océan.

Voilà.

Ta mère avait dit que l'océan bordait la ville et il est là, mais toi, tu comprends le paysage autrement. C'est la ville qui borde l'océan. Elle a été construite pour donner des bords à ce qui n'en a pas parce que les hommes comme ton père, comme tous ceux des villages, ont besoin de limites. Ta mère, elle, s'en passait. Et toi ?

Tu sens frémir ce qui n'a pas de fin à l'intérieur de toi.

Tu lèves haut ta main. Tes doigts palpitent vers le ciel. Tu sens le vent glisser sur ta paume. Ce n'est pas le même vent qui souffle aux abords de la forêt. C'est frais et humide, salé. Lentement tu descends ta main jusque devant ton visage et tu lèches le souffle resté sur tes doigts. Dans ta bouche maintenant, les mots de ta mère trouvent une route vive. Elle avait dit les mâts et les bateaux. Ils sont là-bas, derrière les maisons et les ruelles de la ville. Ils sont dans ta bouche et tu dis les mots avec le goût salé du vent. C'est un autre monde que tu dessines et tu aimes ce monde.

Longtemps tu restes ainsi devant ta ville et l'océan. Tu sens que dans ton corps des choses nouvelles cherchent à prendre place.

Ton père a laissé ses jambes ployer au bord de la rivière. Il est à genoux, le couteau à la main.

Dans sa tête est revenue une peur très ancienne. Quand il était petit à l'école et qu'il avait appris que l'homme, dans la nuit des temps, ne se tenait pas debout devant le monde, qu'il était à quatre pattes comme les bêtes, il avait été envahi par une peur archaïque, sans fond. Les paroles de son maître étaient entrées directement dans ses os et il avait senti pour la première fois son squelette, sous tous ses muscles et sa peau, ce squelette qui le tenait assis ou debout. Il n'y avait jamais pensé avant. En même temps, l'image de tous les gens du village à quatre pattes comme les hommes des premiers temps l'avait envahi et c'était vertigineux. Plus rien de leur vie n'était possible. Il suffisait juste de ça? laisser le squelette reprendre son ancienne posture et plus rien de la vie qu'on connaissait n'était possible? Alors un homme ça ne tenait qu'à ça. Vertical ou pas. Une histoire d'os et d'articulations.

Quelque chose de sa confiance dans la force du monde avait failli. Il n'avait pas réussi à en parler de retour chez lui. Qui aurait pu comprendre ? Il regardait sa mère faire les choses de la maison et il l'imaginait, elle aussi, ployée et plus aucun de ses gestes ne tenaient dans l'espace de la cuisine. Dans sa tête à lui non plus. Il regardait son père et il ne pouvait pas s'empêcher de l'imaginer à quatre pattes lui aussi. Et ça lui faisait mal. Il avait honte et peur de se retrouver un jour, lui aussi, comme les bêtes. Plus un homme.

Il avait redoublé de tenue. Se tenir très droit, cela faisait la fierté de sa mère et de son père. S'ils avaient su d'où lui venait cette droiture de la nuque. Dès qu'il se sentait fléchir, le vertige des os le prenait. Plus tard, il avait gardé l'habitude de la nuque raide sans plus savoir à quoi elle était ancrée.

Aujourd'hui sa vieille mère se courbe. Bientôt elle rejoindra la terre. Et lui, personne n'a jamais su qu'il luttait pour ne jamais jamais être un homme à genoux.

Quand il avait rencontré ta mère, elle qui marchait si fière et silencieuse, c'était comme si elle ne venait pas de la lignée de ceux qui avaient d'abord regardé la terre. Elle était droite et toute la souplesse de ses hanches disait qu'elle ne faisait aucun effort pour ça. Son regard allait loin devant elle. Elle portait haut les yeux. Elle semblait étrangère à tous ceux qu'ils connaissaient et c'est cela qu'il avait aimé. Elle, il ne l'avait jamais imaginée ployée vers la terre. C'était impossible. Et avec elle, il n'y aurait aucun risque de retourner à la vie courbée. Elle le tenait dans son regard.

Ce pouvoir-là, il était aussi fort que celui de son corps nu contre le sien chaque nuit. Peut-être même plus.

Mais on ne peut pas confier ses os à quelqu'un. C'est trop. Il lui en avait voulu de cela même qu'il désirait au plus profond de lui. Confier à quelqu'un d'autre le pouvoir de se maintenir debout, c'était trop, oui, beaucoup trop. Alors la rage de dépendre et de ne même pas comprendre de quoi on dépend l'avait peu à peu envahi. Il avait cru que son désir d'elle, c'était le désir tout simple qui fait vibrer les corps et rend puissant le temps d'une nuit mais aujourd'hui il mesure que son désir était bien plus vaste. Infini. Que ce désir touchait à des choses qui dépassent de loin ce qu'on nomme amour ou peut-être l'amour n'est-il que cela ? Il ne sait plus rien.

Elle a disparu. Il était trop lourd à porter ?

On pouvait bien raconter tout ce qu'on voulait sur sa disparition. Lui, il sait bien qu'elle ne t'aurait jamais abandonné pour aller sur les routes. Elle t'aurait emporté avec elle. À son étrange façon. Elle qui ne savait pas donner la main comme le font les mères d'ici. Elle qui n'avait pas dans les bras le poids des enfants qu'on tient contre sa poitrine pour les bercer. Elle t'emportait dans son regard et tu la suivais. Tu étais du même sang qu'elle. Tous les deux vous étiez libres. Pas lui.

Ton père n'est pas un père. Il le sent et l'a toujours senti. Il aurait peut-être pu être le père d'un enfant élevé dans l'ordre des choses du village. Pas de cet enfant-là que tu es. Il n'y arrive pas. Il n'arrive même pas à penser "mon enfant". Toi, cet enfant qui ne parle pas, qui ne demande rien, il préfère ne pas te penser.

Aujourd'hui il est à genoux devant la rivière. Il regarde la terre. Comme tous ceux de l'espèce bien avant lui. Ceux qui ont compris que le ciel n'est pas pour eux.

Cet homme à genoux sent l'odeur chaude de la terre ombrée. Il en emplit sa poitrine. C'est une odeur vivante.

Alors il revoit le dos de cette femme marchant devant lui dans cette ville où la foire se tenait, où sa destinée s'était nouée. Tout est là. Rappelé par l'odeur de la terre et de l'eau mêlée. Lui, soustrait à la foule bruyante, conduit jusqu'à un bosquet d'arbres, la suivant aveuglément. Littéralement ravi. Enlevé au monde connu. Tout son être rassemblé dans son corps qu'il habitait enfin d'un seul coup. Totalement et sans aucune crainte.

Une bénédiction. Le plus beau moment de toute sa vie. Ces quelques pas. Consentis. Loin du monde. Là était contenue toute sa vie. Entre une place de foirail et des arbres. La vie peut se tenir parfois juste dans quelques pas. Et alors.

Ta grand-mère est parvenue au bout de sa tournée elle ne sait pas comment. Le corps commande parfois et c'est bien. Ses pas l'ont ramenée chez Émilienne, malgré tout. Sa dernière halte.

Elle dit comme à chaque fois Je viens chez toi à la fin pour les œufs. Pour qu'ils soient bien au-dessus dans le panier. Et Émilienne répond Je te les ai gardés. Des beaux tout frais.

C'est rituel. Émilienne compte alors les œufs qu'elle range bien enveloppés sur le haut du panier. Puis elle ouvre le buffet et sort les tasses. C'est tisane ou alcool, préparés maison, ça dépend de l'humeur.

Toutes les deux elles ont passé leurs vies ici. Émilienne vit dans la dernière maison du village. Après, c'est la route. Elle aime être à la lisière. En d'autres temps, on aurait sûrement dit que c'était une sorcière.

Ensemble, elles n'ont plus besoin de se rappeler. Elles savent. C'est une forme de repos.

Elles boivent tranquillement, comme deux vieilles paisibles, près d'une fenêtre, dans un village. Mais la tranquillité, en vrai, non. Même ici, où rien qu'elles ne connaissent déjà ne peut venir sur le chemin. La paix, il n'y en a pas.

Émilienne s'est levée. Dans le même buffet où elle range les verres, elle ouvre un tiroir. Elle en sort une petite boîte qu'elle pose devant ta grand-mère.

Ta grand-mère lève les yeux mais Émilienne a déjà tourné le dos, elle regarde la route par la fenêtre, laisse ta grand-mère ouvrir la boîte sans rien lui dire. Maintenant ta grand-mère a dans la main une bande de tissu rouge brodée de perles anciennes. Bien sûr qu'elle la reconnaît tout de suite.

D'où tu tiens ça?

Sa vieille amie est retournée s'asseoir. Elle finit d'abord l'alcool au goût amer, repose doucement son verre. Puis elle parle.

Elle venait parfois ici, comme toi. Elle ne disait rien ou presque. Elle se posait sur l'appui de la fenêtre et elle regardait la route. La route, pour sûr, la route l'attirait. Je comprends ça.

L'enfant? Elle t'en parlait de l'enfant? Elle l'emmenait avec elle?

Non. Elle est toujours venue toute seule.

Un grand soulagement dans le cœur de ta grand-mère. Elle revoit ta mère. Une femme autour de qui l'amour tournait sans arriver à prendre racine. Le bracelet à la main, elle revoit le jour où ton père était revenu avec elle, là, sa longue jupe qui bougeait à chacun de ses pas, sa peau qui s'était frottée à la pluie et au soleil des routes. Mais qu'est-ce que c'était que cette folie ? Et ce silence. Pas un mot. Le seul moment où on entendait sa voix, c'était quand elle chantait. Des chants des routes puisqu'elle n'avait pas de pays. Des sons rauques et rythmés qui s'alanguissaient parfois et ça donnait le frisson. Ton père la faisait taire. Alors elle s'était tue. Complètement. Et lui, il s'était mis à crier. Elle n'avait plus reconnu son fils. Il lui faisait peur.

Elle se rappelle que quand le ventre de ta mère s'était arrondi elle avait pensé que tout rentrerait dans l'ordre mais c'était sans compter la force des routes. Ta mère, il fallait toujours qu'elle sorte et ton père, ça le rendait fou. Et puis elle avait commencé à t'emmener dans la forêt. Lui, il ne voulait pas qu'elle te brouille la tête avec sa langue et ses histoires de nulle part. Alors elle s'échappait avec toi dans la forêt.

Et toi, tu as fait comme elle. Tu ne parlais pas.

Aujourd'hui ta grand-mère regarde le bracelet cousu de petits points légers comme des fils de neige. Pour sûr qu'elle le reconnaît, oui.

La vieille femme t'a appris tout ce qu'il faut savoir pour vivre au village comme les autres. Elle t'a appris à te méfier de la rivière, à savoir reconnaître si on peut s'approcher d'un chien ou pas, à savoir manger les choses d'ici et te faire oublier des autres. Quand elle te donne des conseils tu continues à faire ce que tu fais, à croire que tu n'entends rien. Mais elle a compris que c'était ta façon d'écouter. Les paroles entrent dans un coin de ta tête. Tu te rappelles tout. Absolument tout. Alors elle n'aurait pas aimé que quelqu'un d'autre au village t'apprenne quoi que ce soit. Même Émilienne.

Pourquoi ta mère venait-elle jusqu'ici ?

Elle se lève. Il y a des jours où rien ne se fait comme d'habitude. On ne sait pas pourquoi. Son fils qui dort tard dans la maison. Elle qui se retrouve avec ce bracelet à la main. Soudain son cœur se serre. Et toi ?

De tenir le bracelet de ta mère dans ses mains, c'est une alarme sourde qu'elle entend. Elle est à la porte.

Tu veux pas savoir ce qu'elle m'a dit quand elle m'a donné le bracelet ?

Non. Et puis dans un souffle elle ajoute Ce qu'elle a dit c'était à toi, pas vrai ? Pas à moi. Alors.

Elle sort sans se retourner. Non elle ne veut rien savoir. Il faut qu'elle rentre, qu'elle te retrouve, toi, l'enfant. Elle se hâte. Quelque chose est en route à nouveau et elle ne sait pas quoi. Pourquoi mon Dieu pourquoi.

Elle marche à pas pressés. Ses sacs sont lourds mais elle avance. Quand elle passe devant l'église, elle s'arrête brusquement. Ses deux paniers posés d'un coup, elle se plante devant le portail. Son cœur bat fort et lourd.

Elle n'y rentre jamais en dehors des dimanches. Jamais seule. Cette fois il va l'entendre ! Elle laisse ses paniers et elle pénètre. Le corps bien droit, elle ne s'agenouille pas. Et sa voix est claire et tranchante quand elle dit Tu as laissé faire sur moi des choses que même les bêtes ne font pas. Et mon cœur s'est refermé. J'ai élevé mon fils avec un cœur plein de peur. Et ce n'est rien de bon. Alors je te le dis. Tout ce qui me reste de bien, c'est l'enfant. Et je n'en ai rien à faire s'il n'est pas comme les autres. S'il lui arrive quoi que ce soit, je reviendrai et ton église j'y foutrai le feu.

Ta grand-mère se hâte vers la maison. Elle a dans son pas la force de ceux que le mal n'a pas abattus. Elle se dit qu'elle te sauvera, quoi qu'il arrive. De tout.

Le chien maintenant a disparu.

Tu me regardes et dans tes yeux, je reconnais l'attente muette de l'enfant que j'étais. Ton regard, c'est celui qui m'a bouleversée une nuit. C'était dans un rêve. J'étais là, assise, seule, j'avais six ou sept ans et je me regardais, moi, la femme que je suis devenue. Une telle attente dans mon regard d'enfant que je me suis réveillée. Bouleversée. Et j'ai écrit. C'est le chien de mon enfance qui t'a guidé. C'est le souffle de mon enfance qui soulève ta poitrine. Nous sommes ensemble.

Il se pourrait qu'en haut de la tour de la maison de l'à-pic nous restions maintenant longtemps à contempler les choses incertaines.

Il n'y a plus rien dans notre tête. La place est libre.

Nous sommes entrés dans le territoire de doute du monde. Rien n'est plus circonscrit. Chaque chose peut devenir un monde. Il n'y a plus rien de nommable de façon sûre. Même l'alphabet est devenu une suite de dessins, chaque lettre un dessin et à soi seule un monde. Bien sûr nous sentons la peur qui sourdement tente de nous retenir. Quand on renonce à nommer le monde pour que quelque chose advienne, peut-on ensuite le retrouver ? Ou doit-on disparaître, dans la folie, dans la rivière ? Où puiser la confiance immense qu'il faut pour oser l'aventure ?

La maison de l'à-pic est exigeante.

Nous hésitons devant l'inconnu à l'intérieur de nous-mêmes. Depuis la disparition de notre mère, la confiance a du mal. Nous n'avons plus que notre enfance pour guide. Nous sommes tout en haut de nous-mêmes.

Accrochés à un instant, puis au suivant comme nos doigts l'étaient au pelage du chien. Agrippés au présent. Rien qu'au présent. De toutes nos forces. Rien avant. Rien après. Ne rien vouloir savoir. Ne garder que le vide dans notre tête. Ne pas penser. Ne pas penser. Ne pas se demander si un jour nous pourrons revenir au monde calme des choses nommées. Oser.

Nous attendons que de l'océan ou de la ville, quelque chose arrive. Nous sommes prêts.

Il se pourrait que maintenant le père ait le ventre collé à la terre. Sa tête est tout près de l'eau. Il faut se pencher pour entendre ce que ses lèvres murmurent. Une chanson apprise à l'école il y a longtemps, très longtemps. Une chanson qui parle d'oiseau qui s'envole, loin. Entre sa bouche et la terre, l'espace est si étroit. Ses lèvres effleurent l'herbe. Il tend la main et la laisse pendre au-dessus de l'eau. Le bout de ses doigts touche la rivière. Alors il enfonce son autre main dans la terre et il pleure.

Il se pourrait que cet homme au bord de la rivière pense à l'eau comme à une délivrance. Il serre le couteau de l'enfance dans sa main. La terre qui reste collée à ses doigts fait au manche du couteau un toucher presque tiède. Il se pourrait qu'il pense à la chaleur du sang.

Debout ! À l'intérieur de sa tête la voix toujours un peu voilée de sa femme dirait Debout ! Jamais il ne l'aurait entendue dire cette parole mais là, face à l'eau qui coule, vive, il n'y aurait aucun doute.

Debout, face à la rivière, il sortirait de sa poche le dessin. Dans un geste dont rien quelques secondes auparavant ne nous aurait avertis, il jetterait le papier à la rivière. Il resterait planté là, sidéré de son propre geste. Comme si cet acte sans appel n'appartenait pas vraiment à l'homme qu'il était. Comme si ce geste révélait une détermination qu'il ne se connaissait pas.

Le couteau, il le refermerait lentement, le remettrait dans sa poche.

Nous saurons comme une certitude qu'il touchera encore l'enfance du bout de ses doigts tachés de terre au fond de sa poche. Il sentira la tiédeur encore. Longtemps.

Mais pour le moment, il regarderait le papier peu à peu disparaître, d'abord s'imprégner d'eau et, alourdi, glissant entre deux eaux, comme on dit, puis l'encre se délavant, le papier, comme allégé de son message indéchiffrable, soudain prenant de la vitesse, celle du flux vif de l'eau qui s'éloigne. Vers où ? La question se poserait dans sa tête pour la première fois. Oui, vers où ? Quel fleuve, quelle mer, attendent la rivière du village au bout de son chemin ? De penser à l'endroit où l'eau de la rivière se mêle à une autre eau, cela ferait dans sa tête quelque chose de nouveau. Un autre espace. Inconnu. Relié par le papier déplié, maintenant peut-être totalement délavé.

Il se pourrait que l'homme revoie en un éclair le corps de sa femme. Vif. Parfait.

Il sent à nouveau son sexe debout. La rivière continue à couler à ses pieds. Sa main quitte le couteau pour atteindre la part de lui érigée, inutile, et pourtant. Et comme si ce geste non plus ne pouvait pas lui appartenir quelques secondes auparavant, il sent sous ses doigts palpiter la peau fragile et fine de son propre sexe. C'est à la femme nue, dressée dans son souvenir, qu'il offre chaque pulsation de son sang, tout entier contenu dans cette part de lui que rien n'appelait plus à la jouissance. Il sent la vibration de la terre humide de la rivière remonter de la plante de ses pieds jusqu'à son ventre et dans un long souffle, il offre sa jouissance à l'eau murmurante.

Il se pourrait que ta grand-mère, sur le seuil de la maison, t'appelle longuement dans le soir, les deux mains en porte-voix. Elle se souviendrait du temps où elle appelait son propre fils dans la lumière déclinante. Elle appellerait aujourd'hui l'enfant de son fils parce que c'est ce qu'elle a toujours fait et que c'est comme ça que les choses doivent reprendre leur place. Ainsi, longtemps, assise sur le banc devant la maison, les silences succéderaient à ton nom lancé dans l'air.

Est-ce qu'un nom voyage bien après que toute voix s'est tue ? est-ce que les branches basses des arbres le portent jusqu'à leurs sommets et le nom, porté par le souffle du vent, doucement, comme un petit dans la mâchoire d'une mère, découvre l'étendue de la canopée de la forêt. Combien de temps faut-il pour qu'un nom redescende jusqu'à l'oreille de celui qui est nommé ?

Il se pourrait qu'elle sorte de la poche de son tablier le bracelet aux perles anciennes. Elle le passerait doucement à son poignet. Est-ce cela que la mère de l'enfant aurait voulu ? Est-ce à elle de le porter maintenant ? Elle passerait lentement les doigts sur les perles cousues et sentirait la fatigue de tous les pas qu'elle n'a jamais osé faire hors du village.

Elle se rappellerait la démarche hardie de cette femme qu'elle n'avait jamais pu prendre dans ses bras. Elle reverrait ses mains longues, fines. Elle regarderait ses mains à elle usées par les travaux de chaque jour, ce n'est pas la même chose. Les mains des femmes de village font des choses qu'on ne remarque pas parce que rien ne semble se créer de ces gestes. C'est le bien-être des maisons, c'est tout et ça ne se voit pas.

Le bracelet à son poignet maintenant, ce serait autre chose. Il lui donnerait du rêve.

Elle se dirait qu'elle aurait dû montrer à la femme ce que le fils savait faire avec les branches des arbres quand il était petit. Pourquoi toutes ces années, avait-elle oublié la beauté qui venait des mains de son petit ? Pourquoi avait-elle oublié son émerveillement de mère devant le premier travail du fils ? Ses branches d'arbre qui ne servaient à rien. Juste à la beauté. Pourquoi le fils était-il devenu ce grand homme triste qui n'y arrive plus, qui boit au Café qui crie et qui tient la nuque de plus en plus raide avant de s'écrouler ? Il se pourrait que ses doigts caressent lentement les perles du bracelet.

Nous entendons son appel qui s'enroule autour de chacune des perles cousues autour de son poignet. Et le fils l'entend aussi.

Il entendrait dans cet appel deux choses contraires. Revenir et partir. Revenir pour partir. Vraiment. N'est-ce pas ce que la femme qu'il avait choisi de ramener à la maison lui montrait depuis toutes ces années ? Un jour, il faut partir.

Et peu importe le village et les gens qui diront Il est fou. Son travail, il l'emportera au bout de ses doigts. Quelques outils dans son sac et la route face à lui. N'est-ce pas cela qu'il enviait à la femme ?

Cette liberté qu'il voulait si fort et qu'elle avait dans le sang ?

Fallait-il qu'il la tienne à l'espace circonscrit du village ? Fallait-il qu'elle disparaisse ? Fallait-il toute la rage et le mauvais vin ?

Il aura peur de dire au revoir.

Il partira comme elle. En voleur. Voleur de quoi ? de la peine qu'on fait ? Celui qui part, est-ce qu'il doit toujours sentir qu'il a volé quelque chose ? Un peu de liberté dans ce monde, le souffle qui s'élargit, c'est trop vouloir ? C'est à lui qu'on a volé le souffle depuis trop longtemps.

Toute sa vie il aura accepté la loi du village et du temps. Toute sa vie il a eu peur, dans une part de lui qui n'avait pas de mot. Peur, s'il n'acceptait pas, s'il ne se soumettait pas, de redevenir comme les hommes des temps courbés. Ceux d'avant le langage entre les humains. Un homme qui ne regarde pas l'horizon, qui ne regarde pas le visage d'un autre homme. Un homme cloué au sol par les yeux et une colonne vertébrale courbe. C'est dans le lait de sa mère qu'il avait bu ça ?

Il marcherait maintenant vers la maison et il repenserait au Christ de son enfance dans la vieille église ; enfant déjà, il n'aimait pas le regarder, cet homme qui avait souffert pour lui pour tous ceux qui étaient là, agenouillés devant la douleur divine et ceux qui par le monde s'agenouillaient aussi. Il était droit sur sa croix, mais c'était payé par les clous et le sang et eux, courbés, toujours courbés, plus à quatre pattes, non, mais à genoux. Pour se rappeler qu'il s'en faudrait de peu pour redevenir les hommes d'avant les hommes ? Il n'avait pas demandé, pas voulu qu'un homme souffre pour lui, fût-ce le fils d'un dieu. Ces dimanches de messe c'était une torture. Il se sentait déjà coupable. Coupable. Coupable. Et il fallait bien se tenir droit et accepter, faire comme les autres. Et la peur était là, sourde et tapie. Dans le sang.

La seule fois, la seule, où il s'était permis de laisser juste son désir le tenir droit, c'était les quelques pas qu'il avait faits derrière cette femme à la jupe fanée.

Il voudrait retrouver dans ses jambes, dans son dos, la légèreté de cette marche si brève. La marche de sa vie. Celle de son désir, à lui, rien qu'à lui.

Il saurait que là, il avait été libre. Et qu'il lui en avait voulu de lui avoir fait sentir ce que pouvait être la liberté. Il saurait qu'il n'aurait jamais dû la ramener au village. Il aurait dû partir avec elle loin. Loin. Sur les routes. Et laisser le camarade ramener le camion tout seul. Et tant pis pour le désarroi de la mère et les ragots du village. Il aurait été libre de découvrir le monde avec la femme de son désir. Vivant. Mais il n'y avait même pas songé alors. Même pas songé !

Nous voyons ses pensées qui martèlent le bout de ses doigts. Nous sentons le bourdonnement de ses pensées sous sa peau. Il voit tout de lui clairement. Il voit qu'il était tellement pris par la glu des jours et des nuits tous pareils qu'il ne pouvait même pas imaginer autre chose. Les obscurs liens le gardaient attaché plus fort qu'il ne pouvait le comprendre. Il restait là où étaient enterrés son père et le père de son père, là où on avait aussi enterré sa fiancée morte trop tôt. Les liens les plus forts ne sont pas toujours avec les vivants. La peur est une bonne noueuse de liens. Et les morts font le reste.

Il voit que la femme de son désir, elle, portait ses morts dans les plis de sa jupe et qu'il aurait fallu pour cela la laisser marcher à grands pas et laisser le vent gonfler son cœur. Ses morts à elle étaient libres aussi. Elle ne les tenait pas enfermés dans deux mains jointes qui prient. Ses morts pouvaient bien voler sur la cime des arbres, dans la clarté des aubes ou bien se perdre plus loin encore que les paradis et les enfers, plus haut et plus loin que le ciel qu'on voit avec des yeux d'homme et de femme, dans un espace où tout se transforme et devient autre chose et de la vie quand même. Oui, ses morts à elle étaient libres de leur voyage. Et c'était bien ainsi que la vie devait se vivre. Elle ne gardait rien. Cette femme-là était insoutenable au village parce qu'elle acceptait de tout perdre, même ses morts.

Aujourd'hui il saurait que c'est cela, vivre. Et lui, il n'a pas vécu.

Nous n'avons plus peur maintenant. Les images sont là. Dans notre tête s'animent des voix et des visages. Nous imaginons.

La réalité du monde n'y perd rien. Bien au contraire. Nous nous rappelons les paumes ouvertes des mains de notre mère, et tout ce que nous y voyions d'inconnu et de beau. Nous comprenons que le Plus jamais ne prend pas cela, qu'il y a là des trésors pour toute notre vie. Ça, ça ne disparaît pas.

Nous pouvons même parvenir à nous dire que notre mère est morte. Cette réalité-là n'est plus impossible. Nous savons que nous ne la reverrons jamais mais que nous pourrons l'imaginer. Nous avons le pouvoir de faire front. Nous pourrons laisser son visage revenir, rappelé par toute autre chose. La couleur d'un ciel y pourvoira ou la courbe d'une hanche sur un tableau. Nous n'aurons plus peur de la perdre encore et encore. Et d'être, nous, juste un enfant perdu.

Notre rêverie est puissante. Elle est à l'œuvre.

Nous apprenons.

L'équilibre nous le découvrons dans chacun de nos pas. Nous pouvons redescendre marche après marche de la maison de l'à-pic. La porte est toujours ouverte. Nous n'avons plus peur. Nous pourrons y remonter quand nous le voudrons.

Nous grandissons en marchant.

Nous apprenons que les corps des mères, on ne les retrouvera jamais. Parce que les corps de mère, ça ne se retrouve pas. Jamais. C'est comme ça. Les corps des mères s'effacent des corps des vivants. Ils deviennent rien. Le rien. Ne demeurent que des mots murmurés, des gestes comme ralentis, effleurés. Un souffle. C'est ça, le corps d'une mère.

Le temps travaille à prendre sa juste place en nous. À circonscrire le rien de la mère. Le rien réclame de l'espace. La place du vide. Les choses vivantes prennent donc une autre forme à l'intérieur de nous. Pour respecter le rien. Il faut bien. Pour vivre avec notre corps de vivant avec les vivants.

Dans notre marche solitaire, c'est ce qui est à l'œuvre. Nous sentons le remuement profond. Il vient de la terre et ses racines emmêlées en train de s'écarter pour faire place. Notre voix s'accorde à ce qui n'a pas de nom. La place vide de la mère est une belle source.

Et en marchant nous pouvons enfin l'imaginer, elle, quittant le village.

Nous quittant tous.

Me quittant, moi.

Je lui fais fermer doucement la porte derrière elle, elle qui laissait toujours toutes les portes ouvertes malgré les cris du père Mais tu veux donc que n'importe qui rentre chez nous ! Ce matin-là, oui, elle aurait fermé doucement la porte. Pour nous laisser tous à notre vie où n'importe qui n'entre pas. Peut-être se serait-elle dit qu'elle avait toujours été n'importe qui. Puis je la fais marcher d'un bon pas, loin dans mon regard, loin. Elle ne rencontrerait personne car ce serait à peine l'aube. Elle chanterait peut-être.

Peu à peu elle deviendrait un point très éloigné du village, au bord d'une eau incertaine. Les nuages ou une brume très légère adouciraient toutes les couleurs. Elle regarderait loin puis juste à ses pieds. Des pieds qui ont marché longtemps sur les routes, usés par le temps qui se frotte à la peau. Ses pieds auraient une longue histoire. L'histoire remonterait, agrippée aux chevilles, comme une plante grimpante, ferait chemin des jambes jusqu'à sa poitrine. Elle aurait vu tant de vies passer au creux des mains des hommes et des femmes qui auraient croisé sa route. Elle serait empreinte de tant d'élans de tant de peines. Quand ses pieds la porteraient jusqu'à l'eau, elle se laverait de tout.

Neuve, jamais. Elle saurait qu'on ne peut pas connaître la vie et être neuf. Elle penserait dans sa langue qu'elle était la trame vivante de tout ce qu'elle avait rencontré. Un palimpseste. Que le repos était dans le ciel au-dessus de sa tête, dans les vagues qui la portaient doucement, qu'elle ne retournerait pas au monde des gens vêtus.

J'imagine les larmes dures de la mère qui coulent, loin, dans la rivière, qui coulent jusqu'au fleuve et plus loin plus loin encore, jusque là où il n'y a plus de rive.

Je marche.

Il y a le temps des horloges, celui du village, celui qui passe depuis la disparition de ma mère et qui peut se compter. Et puis il y a l'autre temps, celui que personne ne voit, un temps où les morts et les vivants sont comme l'herbe des champs et celle du jardin, semblable et différente. Séparée par quelque chose qu'on ne peut pas nommer. Ce n'est ni la couleur, ni les murs des jardins ni les pierres qui les distinguent. Même pas le soin des jardiniers. C'est autre chose qu'on sait au fond de soi et qui fait la différence. Un jour, on a vécu autant de temps sans eux que de temps avec eux. On a dépassé son temps d'enfance.

On sait qu'on peut sentir dans l'air du matin le souffle doux de ceux que nous aimons, même s'ils sont morts, même si plus jamais. Cela nous appartient et reste secret.

Je marche.

J'imagine la maison où je suis née, la maison où mon père est né, la maison où mes parents m'ont conçue. C'est étrange. Toutes ces choses passées dans des maisons, des pièces, des toits sur les têtes et les lumières changeantes des pays différents, éclairant une table de cuisine ici, ou un jardin l'été, là-bas. Je réfléchis à cela. Pour la première fois de cette façon, je pense le temps. Celui d'avant ma naissance, puis de ma venue au monde. Avant moi, mes parents ont eu une vie. Et leurs parents aussi. Ainsi le monde. Comment les vies prennent-elles la suite les unes des autres ? Comment cela se passe ? Alors je me dis, Depuis combien de temps les jours sans ma mère ? et je sais les compter.

Je me rappelle que c'était un jour d'avril et que le printemps n'était pas encore vraiment venu.

Aujourd'hui je marche au bord de l'océan.

J'imagine plus loin que l'histoire de l'enfant.

Les images viennent. Libres. Et c'est là, vivant en moi. Je sens le bruissement du monde qui m'appelle. À l'intérieur de moi la place est libre pour chacune pour chacun. Pour l'océan et pour la brume. Pour la lumière qui glisse sur le sable.

J'accepte qu'ait lieu en moi la bascule du monde sans savoir ce qui m'attend. J'éprouve. C'est l'aventure de ma vie. Cela m'occupe tout entière.

Je découvre le silence habité de mon propre corps et c'est un endroit où vivre.

Entre l'extérieur et l'intérieur, la distance s'est réduite : juste la peau, fragile, vive, qui laisse passer le monde. Une palpitation. À l'intérieur, l'alchimie intime qui crée les images. Ce que le monde offre est inépuisable et je le comprends. Il n'y a plus qu'à y donner toute mon attention et attendre que cela se déploie.

Une joie puissante m'envahit.

J'apprends qu'un être humain n'a pas de limites, qu'il suffit de s'éloigner un peu du village, d'accepter le vertige de l'à-pic et tout devient possible. L'imaginaire éloigne la folie.

J'apprends la liberté de la rivière qui reflète le monde.

Ce que j'imagine est aussi vrai que la réalité. Et c'est ma vie. C'est le risque de la liberté grande. Je peux le prendre parce que la langue me tient.

J'imagine.

Pour chacun de nous.

Pour que se reconnaissent en chacun de nous les paroles oubliées et secrètes.

Pour que se retrouve comme dans un songe la langue tue, la langue d'avant toutes les langues, celle qui n'a ni nom ni pays et qui appartient à tous.

Le 20 janvier 2016

DU MÊME AUTEUR

Romans, nouvelles, récits

ÇA T'APPRENDRA À VIVRE, Le Seuil, 1998 ; Denoël, 2003 ; Babel nº 1104.

LES DEMEURÉES (prix Unicef 2001, prix du livre francophone 2008 Lituanie), Denoël, 2000 ; Folio nº 3676.

UN JOUR MES PRINCES SONT VENUS, Denoël, 2001.

LES MAINS LIBRES, Denoël, 2004 ; Folio nº 4306.

LES RELIQUES, Denoël, 2005 ; Babel nº 1049.

PASSAGERS, LA TOUR BLEUE D'ÉTOUVIE, Le Bec en l'air, 2006.

PRÉSENT ?, Denoël, 2006 ; Folio nº 4728.

LAVER LES OMBRES (prix du livre en Poitou-Charentes), Actes Sud, 2008 ; Babel nº 1021.

LES INSURRECTIONS SINGULIÈRES (prix littéraire des Rotary Clubs de langue française, prix Paroles d'encre, prix littéraire de Valognes, prix du roman d'entreprise, prix du Scribe et prix des Mouettes), Actes Sud, 2011 ; Babel nº 1152.

PROFANES, Actes Sud, 2013 (grand prix RTL Lire, prix Participe présent 2015) ; Babel nº 1249.

OTAGES INTIMES (prix *Version Femina*, prix Libraires en Seine), Actes Sud, 2015 ; Babel nº 1460.

Jeunesse
Parmi lesquels :

SAMIRA DES QUATRE-ROUTES (grand prix des jeunes lecteurs PEEP 1993), Flammarion Castor-Poche, 1992.

LE RAMADAN DE LA PAROLE, Actes Sud Junior, 2007.

UNE HISTOIRE DE PEAU, Hachette Jeunesse, 1997 ; Thierry Magnier, 2012.

VIVRE C'EST RISQUER, Intégrale (comprend quatre ouvrages parus aux éditions Thierry Magnier : *QUITTE TA MÈRE*, 1998 ; *SI MÊME LES ARBRES MEURENT*, 2000, prix du livre jeunesse Brive 2001 ; *LA BOUTIQUE JAUNE*, 2002, prix Leclerc du roman jeunesse 2003 ; *UNE HEURE UNE VIE*, 2004), Thierry Magnier, 2013.

PAS ASSEZ POUR FAIRE UNE FEMME, Thierry Magnier, 2013 ; Babel n° 1328.

VALENTINE REMÈDE, Thierry Magnier 2002 ; nouvelle édition, 2015.

Albums

LE PETIT ÊTRE (illus. Nathalie Novi), Thierry Magnier, 2002.

PRINCE DE NAISSANCE, ATTENTIF DE NATURE (illus. Katy Couprie), Thierry Magnier, 2004.

Essai

ET SI LA JOIE ÉTAIT LÀ ?, La Martinière, 2001.

Textes poétiques

NAISSANCE DE L'OUBLI, Guy Chambelland, 1989.

COMME ON RESPIRE, Thierry Magnier, 2003 ; nouvelle édition, 2011.

NOTRE NOM EST UNE ÎLE, Bruno Doucey, 2011.

IL Y A UN FLEUVE, Bruno Doucey, 2012.

DE BRONZE ET DE SOUFFLE, NOS CŒURS (gravures de Rémi Polack), Bruno Doucey, 2014.

Théâtre

MARTHE ET MARIE, chorégraphie Carol Vanni. Création Théâtre du Merlan, Marseille, 2000.

L'EXIL N'A PAS D'OMBRE, mise en scène Jean-Claude Gal. Création Théâtre du Petit Vélo, Clermont-Ferrand, 2006.

JE VIS SOUS L'ŒIL DU CHIEN suivi de *L'HOMME DE LONGUE PEINE*, Actes Sud-Papiers, 2013. Création Théâtre du Bocage, Bressuire, 2015.

OUVRAGE RÉALISÉ
PAR L'ATELIER GRAPHIQUE ACTES SUD
REPRODUIT ET ACHEVÉ D'IMPRIMER
EN JUILLET 2017
PAR NORMANDIE ROTO IMPRESSION S.A.S.
À LONRAI
POUR LE COMPTE DES ÉDITIONS
ACTES SUD
LE MÉJAN
PLACE NINA-BERBEROVA
13200 ARLES

DÉPÔT LÉGAL
1re ÉDITION : MAI 2017
N° d'impression : 1702017
(Imprimé en France)